Christina Lämmer

Zur Partnerschaft gehören zwei

HERDER spektrum

Band 5685

Das Buch

Keine Partnerschaft ohne Krise; keine Krise ohne Chance. In der Krise hat der Betroffene die Chance zu erkennen, was auch bei ihm selbst noch fehlt an Entwicklung und Reifung. Unser Partner ist unser Spiegel, sagt die Autorin, durch ihn können wir erkennen, wer wir wirklich sind, und damit innere Erfüllung finden. Wer die Krise mit dem Partner nutzt, entwickelt sich weiter – und das ist zum Segen der eigenen Persönlichkeit und der Beziehung. Anhand vieler Beispiele aus ihrer therapeutischen Praxis spielt die Autorin durch, was das konkret alles bedeuten kann, auf welchen Feldern man in der Partnerschaft stagnieren kann, und auf welche Weise man weiter kommt. Viele praktische Übungen zur Selbsterkundung und Selbstentwicklung helfen den Leserinnen und Lesern dabei, dieses neue Partnerschaftsverständnis umzusetzen. Wer in dem Bewusstsein mit seinem Partner durchs Leben geht, dass alle Partnerkrisen, die das Zusammenleben mit sich bringt, Chancen sind, ein Stückchen freier und glücklicher zu werden, braucht davor keine Angst mehr zu haben.

Die Autorin

Christina Lämmer, Jahrgang 1953, psychotherapeutische Heilpraktikerin, Hypnose und Gestalttherapie, NLP und Hypnotherapie nach Milton Erickson, Stressbewältigung, Bioenergetik. Lebt in Hamburg.

Christina Lämmer

Zur Partnerschaft gehören zwei

Die Beziehungskrise als Chance nutzen

HERDER
FREIBURG · BASEL · WIEN

Überarbeitete Neuausgabe
des erstmals bei Econ Ullstein List Verlag GmbH
unter dem Titel „Partnerkrise als Chance" (2000)
erschienenen Werkes.

Gedruckt auf umweltfreundlichem,
chlorfrei gebleichtem Papier

www.herder.de
Satz: Dtp-Satzservice Peter Huber, Freiburg
Herstellung: fgb · freiburger graphische betriebe 2006
www.fgb.de
Umschlaggestaltung und Konzeption:
R·M·E München / Roland Eschlbeck, Liana Tuchel
Umschlagmotiv: © PicturePress
ISBN-13: 978-3-451-05685-2
ISBN-10: 3-451-05685-7

Inhalt

Vorwort: Eine Partnerschaft ist kein Liegestuhl

» *Der wahre Sinn von Beziehungen liegt darin, dass Menschen mit- und voneinander lernen, um zu ihrem inneren Selbst zu gelangen. Nur so entsteht dauerhaftes Glück.* «

Immer wieder sitze ich vor meinen Klienten, die mit Partnerschafts- und Beziehungsproblemen zu mir kommen, und möchte ihnen am liebsten sagen: „Seid froh, dass ihr diese Probleme habt, denn durch sie könnt ihr jetzt ein Stück über euer eigenes Wesen erfahren." Natürlich kann ich das nicht so direkt sagen, denn zu diesem Zeitpunkt würde mich keiner meiner Klienten verstehen, sie würden sich wundern und gehen.

Das hätte ich auch getan, bevor ich vor zirka fünfzehn Jahren die Erfahrung machte, dass es aber genauso ist: dass mir meine Partnerschaftsprobleme Glück bringen. Dieses Glück und die innere Zufriedenheit, die ich heute mit meinem Partner genieße, verdanke ich auch meinen Lebens-Lehrern, die mir dazu verhalfen, meine Probleme anzunehmen und mich kennen zu lernen, wie ich wirklich bin. Nur auf diesem Wege konnten mein Partner und ich wieder – oder nun erst richtig – eine erfüllte Partnerschaft führen. Ich brauchte jedoch, um an unseren Problemen zu arbeiten, noch nicht einmal meinen Partner. Es fanden keine tiefsinnigen Gespräche mit ihm statt, ich konnte alles mit mir selbst ausmachen. Mein Partner musste mir nur das Problem „liefern".

Die Unterstützung, die ich von anderen bekam, um mich selbst zu erkennen, möchte ich in diesem Buch weitergeben. Seit einigen Jahren setze ich sie bereits erfolgreich in meiner Klientenarbeit und in Seminaren um.

Wenn du dich nun entschließt – du hast dich ja schon durch den Kauf dieses Buches ein Stück weit entschlossen –, an deiner Selbst-Entwicklung zu arbeiten, um glücklicher zu werden, gehört dazu auch ein Stück Mut und Entschiedenheit, das Ziel zu erreichen. Auch Geduld und Durchhaltevermögen sind gefordert. Denn die Arbeit an dir kann auch manchmal von seelischem Schmerz begleitet sein, den du aber, wenn du dein Ziel immer vor Augen behältst, gar nicht als etwas Auswegloses erlebst, sondern eher wie einen Motor, der dich antreibt, weiter deinem Ziel entgegen zu gehen.

Christina Lämmer

Zwei Fälle

> *In allen Lebensbereichen geht es uns immer besser, nur unsere Beziehungen verkümmern immer mehr. Film, Fernsehen und die Medien gaukeln uns immer wieder die ideale Partnerschaft vor, aber keiner scheint sie erreichen zu können. Dabei gibt jeder dem Partner die Schuld, er habe seinen Anteil zu der idealen Beziehung nicht beigetragen.*

Ich erinnere mich an eine Klientin, die ich viele Jahre lang immer wieder durch Krisen mit ihrem Partner begleitete. Manuela hatte eine erste und eine zweite Ehe beendet, weil sie sich ungeliebt, nicht recht behandelt und in ihrem Lebensausdruck dem Partner gegenüber verkannt fühlte. Als sie zu mir kam, lebte sie seit vier Jahren in einer festen Beziehung mit Markus zusammen. Ihre Problematik war jedoch immer noch die gleiche.

Markus war ein verheirateter Mann. Mit ihm erlebte Manuela die größte Liebe, die sie je erfahren hatte, wie sie sagte. Umgekehrt war es offenbar genauso: Markus liebte Manuela sehr. Wenn man überhaupt Vergleiche von einer Liebe zur anderen anstellen kann, dann hatte er sicherlich mehr Gefühle für Manuela, als für seine Frau; dies stellte sich jedoch erst später heraus.

Markus war recht leichtlebig. Was seine Beziehungen zu Frauen anging, flirtete er immer wieder mal mit der einen oder anderen. Er mochte es auch nicht, wenn er sich festlegen musste, sei es auf Zeiten, die es einzuhalten galt, Rituale, die die Liebe zur Partnerin bestätigen sollten oder sonstige Festlegungen. Aber genau das brachte Manuelas Probleme zu Tage. Sie verstand nicht, dass er Zeiträume, die er mit ihr hätte teilen können, auch mal für Dinge nutzte, die ihm allein nahe lagen und Spaß machten. Manuela interpretierte daraus: „Wenn du deine Zeit nicht mit mir verbringst, wirst du mich auch nicht lieben." Genauso dachte sie, er könne sie auch nicht lieben, wenn er nach einem Liebesspiel nur sagte: „Ich mag dich" statt „Ich liebe dich." Oder wenn er ihr lange Zeit gar nichts Liebes sagte. Manuela brauchte immer wieder die Bestätigung seiner Liebe.

Eines Tages hatten sie einen großen Streit, und Markus sagte bitter: „Ich hasse dich, du bist ein fürchterliches Anhängsel." Dann ließ er sie stehen und ging davon.

Tief getroffen und im Glauben, dass nun alles aus sei, kam Manuela in meine Praxis. Sie schilderte mir den Fall und war fest entschlossen, mit Markus nichts mehr zu tun haben zu wollen, auch wenn ihr das großen Schmerz bereiten würde. Sie bat mich um meine Unterstützung.

Wir schauten uns erst einmal an, wie Manuela in der Vergangenheit ähnliche Situationen bewältigt hatte. Bald stellte sich heraus, dass sie unter irgendwelchen Vorwänden immer wieder den Anfang gemacht und wieder Kontakt mit Markus aufgenommen hatte. In den ersten Momenten hatte Markus sie zunächst immer zurückgewiesen, weil er nicht so schnell nachgeben wollte. Manuela musste sich sehr demütig verhalten, damit wieder Frieden herrschte. Auf meine Frage, wie sie sich dabei gefühlt habe, antwortete sie mir: „Beschissen. Am liebsten hätte ich Markus gesagt, bleib' doch, wo der Pfeffer wächst. Ich muss mir das nicht länger bieten lassen." Weil sie aber seine Liebe so sehr brauchte, hatte sie das „beschissene" Gefühl immer wieder hingenommen und schnell verdrängt – bis zum nächsten Mal.

Dieses „beschissene" Gefühl war das Resultat der Demütigung, die Manuela erfahren hatte, *die sie sich selbst auferlegte*, indem sie zu Markus angekrochen kam, statt ihm zu sagen: „Jetzt reicht es mir, hier ist meine Grenze." Nur so hätte sie ihrem Partner die Chance gegeben, die Versöhnung einmal von sich aus anzubieten.

Manuela war abhängig von der Liebeszuweisung durch Markus. Das konnte nicht gut gehen. Liebe und sich geliebt fühlen kann nur entstehen, wenn jeder der Partner sich selbst erst einmal liebt und achtet. Für Manuela hieß das, dass sie anfangen musste, ihre Grenzen zu ziehen, zu sagen, was sie will und sich dafür auch einzusetzen. Ich riet ihr, sich wie eine gute Freundin neben sich zu stellen und ihre eigenen Gefühle einmal so ernst zu nehmen, wie es unter echten Freundinnen üblich ist. Das heißt, wenn sie wütend und verärgert war, dann durfte sie es auch sein und hatte ein Recht darauf.

Dies heißt nicht, dass sie ihre Gefühle am Partner auslassen und ihn drangsalieren und verletzen sollte. Das würde nur zu einem endlosen Schlagabtausch führen. Es heißt vielmehr, ihm mitzuteilen: „Du hast mich verletzt, das macht mich wütend. Ich brauche jetzt ein wenig Abstand."

Dies ist die Ebene, auf der erwachsene Menschen miteinander kommunizieren sollten. Dem Partner in Liebe seine eigenen Gefühle mitteilen und ihm Respekt und Achtung abverlangen. Nur dann kann eine Beziehung sich vertiefen, und dadurch wiederum lernt man sich auch selbst ein Stück weiter kennen und lieben. Nur wenn man sich selbst liebt, braucht (im Sinne von gebraucht) man den anderen nicht mehr, sondern kann ihn lieben aus ganzem Herzen. Und diese Liebe kommt dann automatisch vom Partner zurück. Man weiß dann, der andere kann einen nicht verletzen.

Manuela lernte zu erkennen, dass sie sich selbst nicht ernst nahm und dadurch von ihren Partnern auch nie richtig ernst genommen wurde. Deshalb musste sie um den Liebesbeweis immer und immer wieder betteln und wollte von ihrem Partner immer wieder hören, dass sie liebenswert war – weil sie selbst nicht daran glaubte.

Als Manuela durch verschiedene Übungen lernte, sich selbst anzunehmen und zu lieben, sich selbst zu geben, was sie brauchte, wurde sie für Markus eine respektable Liebespartnerin. Sie ist heute sehr glücklich mit ihm.

Es ist wichtig herauszufinden, was hinter der offensichtlichen Problematik mit deinem Partner steckt und zu erkennen, was das eigentliche Problem ist. Dieses Problem hat meistens viel weniger mit dem Partner zu tun, als vielmehr mit dir selbst. Es geht darum, hinschauen zu lernen und anzunehmen, was ist. Würden das alle Menschen tun, die in Partnerbeziehungen leben (und auch in allen anderen Beziehungen) – hinsehen, wo ihre eigene Problematik liegt, die sich durch den Partner ausdrückt – dann würde es in fünfundneunzig Prozent aller Krisen nicht zu einer Trennung kommen.

Ich möchte nun jedoch nicht als Verfechterin für die Ehe ‚bis dass der Tod Euch scheidet' gelten! Es gibt durchaus Fälle, wo es ein Teil der Lebensaufgabe des einzelnen Partners ist, sich zu trennen. Man denke zum Beispiel an Beziehungen, wo Handgreiflichkeiten stattfinden. Aber auch dann gilt es, sich gründlich zu prüfen und das eigene Selbst zunächst kennen zu lernen, um erst dann zu beurteilen, was das eigene Problem ist. Vielleicht fehlt es dir an Durchsetzungsvermögen, vielleicht liegt eine Beziehungs- oder Kommunikationsschwierigkeit vor, oder es geht tatsächlich einmal darum loszulassen.

In jedem Fall ist es wichtig zu erkennen, was in dir vorgeht, wenn du eine Partnerschaft nicht mehr wünschst. Was hat das mit dir selbst zu tun? Erst dann kannst du aus dem Wissen um dich selbst heraus eine erwachsene Entscheidung treffen, Ja oder Nein zum Fortbestand oder Ende einer Beziehung sagen.

Eine „erwachsene" Entscheidung bedeutet, dass du nun er- bzw. ent-wachsen bist, also herausgewachsen aus deinem Unwissen über dich. Du weißt jetzt mehr über dich. Wenn das der Fall ist, kann deine Partnerschaft – und du kannst in ihr – glücklich sein. Im Falle einer Trennung wirst du dafür sorgen, dass du die Fehler in der nächsten Beziehung nicht wiederholst.

Ein anderes Fallbeispiel zeigt, dass es auch richtig sein kann, sich zu trennen.

Herbert und Silia sind seit sechs Jahren verheiratet. Silias Trinkgewohnheiten waren schon immer etwas eigenartig, wie Herbert mir berichtete, aber seit zwei Jahren verfiel Silia immer mehr dem Alkohol. Manchmal hatte sie richtige Ausfälle. Herbert, der bei mir Hilfe suchte, war verzweifelt. Er konnte ihr nicht helfen – sich das einzugestehen, musste er lernen. Ich unterstützte ihn darin einzusehen, dass Silia nur auf eine Art geholfen werden konnte, und zwar indem Herbert sich von ihr trennte. Es war der einzige Weg, um beiden zu helfen.

Herbert fiel die Trennung sehr schwer, denn er liebte Silia trotz allem.

Wenn eine Suchtproblematik vorliegt, kann beiden Partnern oft nur durch eine Trennung – oder durch eine grundlegende Therapie – geholfen werden, damit der Abhängige lernt, für sich und sein Leben selbst die Verantwortung zu übernehmen. Der Co-Abhängige hingegen muss lernen, Nein zu sagen.

Das innere Kind oder der Konflikt der inneren Teile

> »*Erkenne, dass Krisen immer Chancen für unsere eigene Entwicklung sind. Dies ist die Voraussetzung für deinen guten Willen, nur so kann positive Energie fließen. Das Überwinden der Krise wird dir letztendlich die Kraft geben, selbstsicher, stabil, erfolgreich und glücklich zu werden.*«

Dieses Buch ist nicht nur ein Lesebuch, sondern du findest darin auch viele Übungen, die dir helfen werden, deine Wahrnehmung dafür zu schärfen, was deine innere Stimme dir sagen will. Wo genau du hinschauen sollst, um über dich etwas zu erfahren, was dir an deiner seelischen Gesundheit, an deinem „heil sein" noch fehlt. Denn das ist es, was dich glücklich macht. Nicht dein Partner bringt dir das Glück, dazu ist er von Natur aus gar nicht fähig. Er kann gar nicht die vielen inneren Wunden und Verletzungen heilen, die im Laufe deines Lebens in dir entstanden sind. Wunden, die in der Zeit als Kleinkind entstanden sind, als du noch hilflos und abhängig warst und Dinge tun musstest, die von dir erwartet wurden, um geliebt zu werden. Die nach Ansicht deiner Eltern richtig waren, um aus dir einen ordentlichen Menschen zu machen.

Dies waren Botschaften wie:

- Kinder sind zu Erwachsenen nicht böse.
- Kinder haben nichts zu melden, wenn Erwachsene sich unterhalten.
- Kinder müssen gehorchen.
- Erwachsene haben immer Recht.

- „Wenn du nicht tust, was Mutti und Vati von dir verlangen, haben wir dich nicht mehr lieb ... dann ist Mutti traurig ... dann wird Mutti krank ... dann wird Vati böse ..." und so weiter.

In welchem Zusammenhang können solche Botschaften nun in einer Partnerkrise stehen?

Nehmen wir ein Beispiel. Mutter sagt: „Wenn du nicht tust, was ich dir sage, dann habe ich dich nicht mehr lieb." Natürlich will das Kind geliebt werden, darum tut es, was seine Mutter von ihm erwartet. Diese Erziehungsmethode wird von der Mutter immer wieder eingesetzt, und so lernt das Kind im Laufe seines Lebens zu tun, was andere von ihm erwarten, um geliebt zu werden. Denn Liebe ist es, wonach alle Menschen streben, was jeder Mensch braucht, um zu leben. Ein Kind ist vollständig angewiesen auf die Liebe der Eltern und seiner Umwelt, weil es noch nicht auf eigenen Füßen stehen kann, sich seine Liebe noch nicht selbst geben kann – gerade das, was du mit Hilfe dieses Buchs lernen kannst.

Wenn nun das Kind erwachsen wird, ohne seinen Selbstwert zu entdecken, sich also die Liebe, die Fürsorge und die Bestätigung, dass es ein liebenswerter Mensch ist, selbst zu geben, dann sucht es in seinen Beziehungen lebenslänglich nach dem Partner, der ihm sagt: „Du bist liebenswert."

Hat dieser Mensch seinen Partner einmal gefunden, wird er jedoch nach einer Weile feststellen, dass zu dem „Ich liebe dich" bald wieder die Einschränkung gehört „... aber nur, wenn du so bist, wie ich dich wünsche, nicht dann, wenn du dies oder jenes tust ..."

Am Anfang einer Partnerschaft mag das noch gar nicht so ins Gewicht fallen. Jeder zeigt sich von seiner besten Seite und das besagte ehemalige Kind wird wie in Mutters Zeiten so sein, wie der Partner es gerne sieht. Erst im Laufe der Zeit meldet sich das „innere Kind". „Ich soll immer nur tun, was dem anderen gefällt, bin ich denn sonst gar nichts wert? Ich will auch einmal tun, was mir gefällt." Aus Angst, die Liebe des Partners zu verlieren, wird dieser Mensch es nicht wagen, seinem Partner mitzuteilen, was er wirklich denkt und will. Innerlich werden sich jedoch mehr und mehr Aggressionen anstauen, bis eines Tages das Fass überläuft.

Der Konflikt liegt darin, dass sich im Innern der Person zwei Teile nicht miteinander vereinbaren können. Beide Teile wollen dein Bestes. Der eine Teil, nennen wir ihn den „Mach es allen Recht-Teil" will für dich Liebe sichern, indem er sagt „passe dich an" – so, wie du gelernt hast, Liebe zu bekommen.

Der andere Teil, nennen wir ihn „Ich-Teil", will, dass du dich ernst nimmst und dich selbst ein Stück lieb hast. Dieser Teil sagt dir: „Tue doch einmal das, was du selbst gerne möchtest und nicht immer nur das, was andere von dir erwarten."

Beide wollen dein Bestes. Und doch wird der „Ich-Teil" von dir oft nicht so richtig ernst genommen, er kommt nie richtig an die Reihe und darum tobt er immer mehr, macht sich immer stärker bemerkbar, bis die Partnerkrise da ist. Nun steht ihr euch gegenüber, dein Partner und du, und ihr könnt euch plötzlich nicht mehr verstehen. Dein Partner glaubt, du hättest dich sehr verändert und sagt dir, du wärst aggressiver geworden, darum zieht er sich mehr und mehr zurück. Du dagegen behauptest, dass er sich überhaupt nicht in dich hineinversetzen und nachfühlen kann, was dir am Herzen liegt, darum empfindest du ihn als sehr egoistisch. Wenn das in eurer Beziehung so weiter geht, dann ist die Trennung nicht mehr weit.

Wüssten beide Partner – oder wenigstens einer davon –, dass dieser Konflikt ein Signal ist, um bei sich selbst im eigenen Inneren ein paar Dinge in Ordnung zu bringen, so müsste es nicht zu einer Trennung kommen.

Diese neue Ordnung der Dinge kannst du in den meisten aller Fälle selbst vornehmen, indem du dir deiner Gefühle bewusst wirst und zuhörst, was sie dir sagen wollen.

Erwartungen als Blockade

> *» Erhoffe die Erfüllung nicht von deinem Partner, sondern finde sie in dir. «*

Dass heute so viele Ehen scheitern, liegt zum Teil auch daran, dass zu hohe Erwartungen in die Ehe gesetzt werden. Durch Film und Fernsehen, durch die Medien wird uns vorgegaukelt, wie eine glückliche Beziehung auszusehen hat. Früher hatten die Menschen es vielleicht einfacher: Sie wurden verheiratet und hatten darum auch nicht so große Erwartungen an die Partnerschaft. Die Erfüllung suchten sie sich woanders als in einer partnerschaftlichen Beziehung. Die Ehe diente dazu, Kinder zu zeugen und der Familie ein Zuhause zu geben. In der bürgerlichen Familie des neunzehnten Jahrhunderts verdiente der Mann den Unterhalt für die Familie, während die Frau sich ausschließlich um das leibliche Wohl der Familienmitglieder kümmerte. Ihre Pflichten waren über Generationen festgelegt, und niemand fragte danach, ob diese Ehe noch gut lief. Die Partner hatten sich einfach mit ihren Konflikten auseinander zu setzen oder mussten sehen, wie sie klarkamen.

Was wir heute davon halten, sei einmal dahingestellt. Tatsache ist jedenfalls, dass durch die Freiheiten, die wir heute genießen – das heutige Scheidungsrecht, die Tatsache, dass Frauen heute mehr und mehr qualifizierten Berufen nachgehen und allgemein freier leben als früher –, kein Mensch mehr in einer unglücklichen Beziehung verkümmern möchte. Das große Loslassen hat begonnen. Die Partner haben unseren Vorstellungen zu entsprechen, sonst werden sie ausgetauscht. Das entspricht leider ganz und gar den Mechanismen unserer Wegwerfgesellschaft. Auch wenn immer mehr Menschen feststellen, dass sie mit jedem Partnerwechsel unzufriedener werden und den Wert des anderen von Mal zu Mal immer geringer schätzen.

Um wieder echte Zufriedenheit zu erlangen, wäre es vielleicht zumindest einen Versuch wert, eine Reparatur durchzuführen. Eine Reparatur am eigenen Inneren, durch die wir dann den Partner wieder (er-)tragen können, statt ihn austauschen zu müssen.

Du kannst dieses Glück jedoch nur finden, wenn du den Weg als die Aufgabe betrachtest, die das Leben mit allen Höhen und Tiefen für uns ist. Freue dich, wenn du deinem Ziel – dir selbst – näher kommst. Sieh dabei deinen Partner als Wegweiser. Gib die Vorstellung auf, dein Partner sei für dein Glück verantwortlich. Dein Glück liegt schon in dir, du musst es nur finden.

Katrin lebte in ihrer Familie als Einzelkind. Ihre Eltern hatten wenig Zeit und wenig Geld und damit in ihrer Freizeit nicht die Möglichkeit, Katrin viel zu bieten. Der Vater war beruflich viel unterwegs, Katrin blieb mit ihrer Mutter allein zu Hause. Es gab wenig Gelegenheit, gemeinsame schöne Sachen zu erleben. Nicht nur Katrin, auch ihre Mutter litt darunter, dass der Vater nie Zeit hatte. Nie waren sie eine richtige Familie, wie Katrin es bei ihren Freundinnen sah. Für ihre spätere Partnerschaft schwor sie sich, einen Mann zu heiraten, der ihr all das bieten könnte, was sie sich sehnlichst wünschte.

Mit 21 Jahren lernte sie ihren zukünftigen Ehepartner kennen und glaubte, er sei der Richtige, um all ihre Sehnsüchte erfüllen zu können. Doch kaum war die erste Verliebtheit vorbei, hatte ihr Mann ständig wichtige Dinge im Geschäft zu erledigen und die gemeinsame Freizeitplanung wollte nicht gelingen. Während ihr Partner seiner Arbeit nachging, saß Katrin allein zu Hause. Er versicherte ihr zwar immer wieder, dass sich alles ändern würde. Es änderte sich jedoch nichts. Vor lauter Einsamkeit begann Katrin zu trinken. Ihre Trinkgewohnheiten wurden immer exzessiver, bis ihr Partner das nicht mehr mitmachen wollte.

Nach einer langen Phase der Konflikte entschloss Katrin sich zu einer Therapie. Was sie hier für sich lernen und über sich erfahren konnte, war, dass sie offenbar in dem Glauben lebte, ihre verlorene Kindheit durch die Partnerschaft zurückholen zu können. Dabei übersah sie vollkommen, dass ihr Partner ein ganz anderer Mensch war als ihr Vater. Sie bekam allerdings die Problematik ihrer Kindheit und Jugend durch ihren Partner noch einmal präsentiert. Sie musste lernen, dies als Chance wahrzunehmen, um nun endlich ein erwachsener Mensch zu werden. In ihrem Fall hieß dies, die Zügel selbst in die Hand zu nehmen, sich selbst ihre Wünsche zu erfüllen, statt zu erwarten, dass ihr Partner dies für sie tat. Ihre Erkenntnis war: Erhoffe dein Glück nicht von deinem Partner, sondern finde es in dir selbst. Sie konnte mit ihrem Partner eine erfüllte Beziehung haben, sowie sie begann, sich auf sich selbst zu besinnen. Für ihren Partner wurde sie dadurch wieder interessant, und er widmete ihr von sich aus wieder mehr Zeit.

Übungen

die dir dabei helfen können, dein Glück in dir selbst zu finden:

Um zu erkennen, was hinter deinem Ego steckt, beantworte schriftlich die folgenden Fragen:

1. Warum brauche ich zur Erfüllung meiner Bedürfnisse meinen Partner? Warum ist mir das so wichtig?
2. Welche Gefühle entstehen in dir, wenn deine Erwartungen nicht erfüllt werden?
3. Kann ich mir auch selbst geben, was ich von meinem Partner erwarte? Wenn nicht, was hindert mich daran?
4. Kann ich meine Einstellung zu den Anforderungen an meinen Partner verändern?
5. Steht dem etwas im Wege? Was genau?

6. Was treten dabei für Gefühle auf? Spüre sie und schreibe sie auf in einem besonderen Büchlein, das du dein Gefühlsbüchlein nennst. Dort schreibst du jeden Tag alle deine Gefühle auf und schaust dir am Abend vor dem Schlafengehen an, welche Gefühle dich durch den Tag begleitet haben. Dann nimmst du dir jedes einzelne vor und umarmst es bildlich. Sprich mit ihm, als ob es angemessen wäre.

7. Kommt dir das Gefühl aus deiner Vergangenheit her bekannt vor?

8. Wann genau war das? Gehe noch weiter zurück in deine Kindheit. Wie alt warst du damals?

9. Was hätte damals anders sein müssen, was hättest du damals gebraucht, um jetzt nicht dieses Gefühl haben zu müssen?

10. Nimm ein zweites Blatt und gib deinem Wunschgefühl ein Bild. Beschreibe dieses Bild. Nimm auch dieses genau wahr und freunde dich mit ihm an, indem du versuchst, dieses Gefühl zu spüren und kennen zu lernen. Tue einfach mal so, als ob du dieses Wunschgefühl wärst. Wie würdest du durch die Welt gehen? Versuche es durchzuspielen. Du kannst diese Übung auch zu zweit machen oder mit mehreren.

11. Stell dir ganz genau vor, wie es gewesen wäre, wenn du bekommen hättest, was du gebraucht hast. Spüre, was sich in dir dabei verändert.

12. Als letzten Schritt teilst du ein großes Blatt Papier und stellst beide Gefühle – Wunschgefühl und Ist-Gefühl – nebeneinander dar. Du kannst ein Bild malen oder dich auf andere Art und Weise ausdrücken. Lass Farben und Formen sich entwickeln und aus deiner Intuition heraus fließen.

Wenn du diese Übung im Abstand von einem Monat wiederholst, wirst du sehen, wie deine Gefühle sich langsam verändern.

Mehr brauchst du jetzt erst mal nicht zu tun. Wir wollen immer alles auf einmal ändern. Aber Veränderungen sind gar nicht so wichtig, wichtig ist vielmehr das Annehmen der Situation und unserer Gefühle. Die Veränderung geschieht dann von ganz allein. Wir werden darauf immer wieder zurückkommen.

Lust und Leidenschaft schaffen Leiden

> » *Leidenschaft verblendet oft die Realität und du weißt, wenn du aufwachst, nicht, wo du bist.* «

Viele Menschen glauben heute, Lust und Leidenschaft wären die Grundlage oder das Ziel einer Ehe. Das ist ein Irrtum, denn beide schaffen auch Leiden, weil ihnen unwillkürlich die Enttäuschung folgt, wenn die Partner dabei nicht bedenken, dass die Lust nicht immer erfüllt werden kann.

Mit Lust ist in diesem Zusammenhang nicht nur die sexuelle Lust gemeint, sondern alles, wonach es dir gelüstet, alles, was dir Freude bringt. Die Erfüllung dieser Lust kann nicht die Grundlage einer Beziehung sein, denn eine Beziehung muss immer beides aushalten, Freud und Leid, sonst wäre in ihr kein Wachstum möglich.

Auch die Leidenschaft zeigt dir nur das Positive und schafft dadurch oft Leiden. Sie ist eng mit der Lust verbunden. Darum kann auch die Leidenschaft auf Dauer eine Beziehung nicht tragen.

Nur wenn du nicht bedenkst, dass Freude *und* Schmerz eine Beziehung ausmachen, und dass genau das uns wachsen lässt, wirst du nach der Verblendung, die am Anfang deiner Liebe ganz normal ist, sehr „ent-täuscht" sein.

Aber auch dies ist gut. Was kann dir besseres passieren, als dass die Täuschung zu Ende ist? Jetzt kannst du endlich klar sehen, jetzt siehst du die Wahrheit, und nur die kann dir Aufschluss geben über dich selbst.

Das Ende vom Anspruch auf Lust und Leidenschaft öffnet dir die Augen, und du kannst endlich sehen, was du noch alles für dich tun kannst, um erneut Lust und Leidenschaft zu erfahren.

Das Ego – unser Ich-Bewusstsein

> »*Das Ziel des Ego ist die Befriedigung der eigenen Interessen.*«

Das Ego ist wichtig, damit das Individuum sich behaupten und durchsetzen kann. In vielen Situationen ist es unser Beschützer. Wenn wir uns aber nur auf das Ego verlassen, führt dies immer wieder zu Ent-Täuschungen, denn der andere hat auch ein Ego. Das Ego ist immer auf unsere Wünsche und Bedürfnisse im Außen gerichtet, die häufig nicht erfüllt werden können. So verschafft es uns oft Ent-Täuschungen, es sei denn, wir lernen, nach innen zu gehen, unsere inneren Werte zu stärken und so zur Erfüllung zu kommen.

Wir müssen lernen zu fragen: Warum brauche ich jetzt genau dies, warum ist es mir so wichtig? Wie kann ich meine Bedürfnisse anderweitig befriedigen? Warum kann ich nicht loslassen?

Kommen wir noch einmal auf das Fallbeispiel von Manuela (s. Kapitel „*Zwei Fälle*“) zurück. Sie kam in meine Praxis, weil sie sehr darunter litt, dass Markus ihr nicht mehr sagte, dass er sie liebt. Je mehr sie um die Bestätigung seiner Liebe bettelte, desto mehr zog er sich zurück. Sie konnte nicht verstehen, dass Markus jetzt so cool reagierte im Gegensatz zu früher, und sie glaubte, dass er sie nicht mehr liebte.

Hier kam das Ego von Manuela – „Ich will von Markus immer wieder hören, dass er mich liebt“ – mit dem Ego von Markus – „Ich will Manuela nicht immer wieder sagen müssen, dass ich sie liebe“ – in Konflikt. Ganz unabhängig von Markus’ persönlicher Problematik musste Manuela sich fragen: „Warum brauche ich immer wieder die Bestätigung von

Markus? Warum kann ich mir nicht selbst Bestätigung geben und mir aus einem inneren Wissen heraus sagen, wie liebenswert ich bin?

Dieser Mangel entsteht schon in unserer frühesten Kindheit. Sobald wir damit anfangen, unsere Umwelt wahr zu nehmen, beginnen die Menschen, mit denen wir in Berührung kommen, uns zu verstehen zu geben, was richtig und was falsch ist, wann wir liebenswert sind und wann nicht. Dadurch formen wir unser Bild von uns selbst – aber in Wahrheit ist es nicht unser eigenes, sondern das der anderen, aber wir glauben daran. So beginnt das Dilemma, dass wir uns unser Leben lang auf die Bewertung anderer ausrichten, um zu erfahren, wer wir sind. Genau dort entsteht unser Konflikt, denn unser Inneres will oft etwas ganz anderes, als Vorstellungen und Bewertungen von Anderen zu folgen. Es will, dass wir lernen, uns ganz und gar anzunehmen. Da wir verlernt haben, auf unser Inneres zu achten um dadurch zu wissen, wer wir sind, leben wir nach deren Vorstellungen und Bewertungen. Wenn diese nicht mit unseren eigenen übereinstimmen, bekommen wir ein Problem. Wir wissen darum nicht, wer wir sind, zweifeln an uns und geben uns manchmal sogar auf. Wir sind lebensunfähig und fallen manchmal sogar in tiefe Depressionen.

Darum ist unser Ego überlebenswichtig, solange wir nicht wissen, wer wir sind und wie liebenswert wir sind. Aber es führt uns auch zwangsläufig in Konflikte mit unserer Umwelt, weil wir von Anderen etwas wollen und sie brauchen, um unser Sein und Handeln zu bestätigen. Lernen wir jedoch unser Selbst kennen und lieben, dann wissen wir um unseren wahren Wert, den niemand mehr erschüttern kann. Diesen Selbstwert zu erkennen, dazu können wir unseren Partner und unsere Umwelt wie einen Spiegel nutzen. Dann haben wir es nicht mehr nötig, unsere Ego-bezogenen Bedürfnisse und Bestrebungen so wichtig zu nehmen; letztlich wird das Ego ganz unbedeutend, ja überflüssig.

Manuela musste in unserem Beispiel lernen, ihren Selbstwert wieder zu finden. Danach wurde es ihr wieder möglich, mit Markus ein erfülltes Leben zu führen. Auch mein Patient Ulli hatte Probleme mit seinem Selbstwertgefühl. Er musste lernen, den Mut aufzubringen, zu seinen Wünschen und Bedürfnissen zu stehen. Erst dann konnte er ihnen gerecht werden.

Ulli ärgerte sich immer sehr darüber, dass fast jeden Sonntag Sonjas Eltern zum Kaffee eingeladen wurden. Er wünschte sich sehr, dass Sonja auch mal von sich aus seine Eltern eingeladen hätte. Sonja kam jedoch nie auf den Gedanken, dass auch Ulli seine Eltern mal bei sich zu Hause hätte empfangen wollen.

Für Ulli war es ein großes Problem, seinen Wunsch Sonja gegenüber anzusprechen. Er befürchtete nämlich, Sonja könnte ihn für ein Muttersöhnchen halten. Er ärgerte sich im Stillen und ließ seinen Ärger an anderer Stelle heraus, so dass es oft in seiner Partnerschaft zum Streit kam.

Ulli musste sich darüber klar werden, wie er zu der Annahme kam, seine Partnerin könnte ihn für ein Muttersöhnchen halten. Wir mussten also seine Vergangenheit und Kindheit anschauen und heilen.

Die Vergangenheit heilen

Ulli trug in sich den Glaubenssatz: „Wenn ich mich meinen Eltern zuwende und für sie eintrete, bin ich ein Muttersöhnchen."

Um diese Angst auszuheilen, um diesen inneren Teil von sich selbst, das „Muttersöhnchen", anzunehmen, bat ich Ulli, zu dem Ort und in die Zeit zurück zu blicken, in der die Problematik entstanden ist. Sie existiert nur in ihm, sie ist keine objektive Realität, denn es ist an sich keine Schande, seine Eltern zu mögen, zu ehren und dies auch zu zeigen. Natürlich kann Ulli nicht wirklich zurückkehren, aber er kann es in seinen Gedanken im entspannten Zustand tun.

Unser Gehirn unterscheidet nicht zwischen Realität und Gedankenwelt, darum ist es möglich, Konflikte innerhalb unserer eigenen Psyche aufzulösen.

Ich bat Ulli darum, sich eine Zeitlinie vorzustellen. Auf dieser Zeitlinie liegt links die Vergangenheit, in der Mitte die Gegenwart und rechts die Zukunft.

I	I	I
Vergangenheit	Gegenwart	Zukunft

Dann sollte Ulli sich in Gedanken auf der Zeitlinie in die Gegenwart versetzen, der Zukunft zugewandt. Ich bat ihn, immer der Zukunft zugewandt auf der Zeitlinie Richtung Vergangenheit zu wandern, bis zu dem Punkt, wo er auf das auslösende Ereignis für seinen Glaubenssatz stieße. Ich sagte ihm, dass er dies mit Sicherheit bemerken würde, wenn er dorthin käme.

Tatsächlich gelangte Ulli in Gedanken an die entsprechende Stelle. Ich nahm es daran wahr, dass sein Atem schneller ging und er etwas zu zittern anfing. Ich frage ihn, ob er angekommen sei. Ihm kamen die Tränen.

Ich bat ihn nun, ein Stückchen weiter über den Punkt des Ereignisses hinaus in Richtung Vergangenheit zu gehen, immer der Zukunft zugewandt. Er folgte seinen Erinnerungen und stellte fest, dass es ihm besser ging, je weiter zurück er wanderte. Er konnte jetzt aus einer besseren Zeit heraus auf das auslösende Ereignis schauen.

Nun bat ich ihn, sich einmal in Gedanken neben sich zu stellen und als eine andere Person auf das entscheidende Ereignis zu schauen. Ich fragte ihn, was er sah.

Ulli sah einen siebenjährigen Jungen, der vor einer Schar raufender Jungen davonlief und Zuflucht bei seiner Mutter zu Hause suchte. Aber die Jungen liefen ihm nach und riefen ihm zu: „Muttersöhnchen, Muttersöhnen!“ Zuhause empfing ihn seine Mutter mit den Worten: „Kannst du dich schon wieder nicht durchboxen? Du bist ein richtiger Schwächling."

An dieser Stelle kamen ihm wieder die Tränen.

Ich bat ihn, sich nun wieder selbst an seinen Platz zurück zu stellen und fragte ihn, was der siebenjährige Junge gerade empfinde. Ulli antwortete, dass er sich feige und schwach fühle. Er fing wieder an zu weinen und meinte, dass er diese Schwäche oft auch in der Gegenwart spüren würde, besonders dann, wenn er den Wunsch hätte, mit seinem Elternhaus Kontakt aufzunehmen.

Ich fragte weiter, was denn der kleine Junge damals gebraucht hätte. Ulli sagte: „Eine Mutter, die mir gesagt hätte, dass ich es richtig gemacht habe, mich nicht mit den anderen Jungen anzulegen und mich getröstet hätte."

Daraufhin bat ich ihn, sich seine Mutter vorzustellen, wie sie ihm diese Worte sagt und ihn in die Arme schließt. Er musste nun ganz fürchterlich weinen, weil es ihn so sehr berührte, sich dies vorzustellen. Nach einer Weile bat ich ihn, mit seiner imaginären Mutter wieder in die Gegenwart zurückzukehren, sich bei ihr zu bedanken und wieder ins Hier und Jetzt zurückzukommen.

Nach diesem Heilungsritual konnte Ulli die Zusammenhänge erkennen, die seinen Ärger in Bezug auf seine Partnerin auslösten. Erst durch das Erkennen war er in der Lage, andere Verhaltensweisen zu praktizieren, die seinen Bedürfnissen dienlich sind.

Gemeinsamkeit

» *In der Gemeinsamkeit liegt die Kraft zu wachsen und glücklich zu werden.* «

Eine Partnerschaft bedeutet ein ständiges Geben und Nehmen auf unterschiedlichste Arten und Weisen. Dies betrifft Gefühle, das Ego, das Zuhören, das Gespräch, Opferbereitschaft, Aufmerksamkeit usw. Stell dir eine Partnerschaft als einen Turm vor, in dem eine Wendeltreppe bis zur Spitze führt. Nach jeder Windung kommt eine Tür und das darin befindliche Schloss öffnet sich nur dann, wenn beide Partner gleichzeitig ihren dafür vorgesehenen Schlüssel verwenden. Nur so kommen sie durch die Tür zum nächsten Stockwerk, bis sie dann schließlich oben ankommen und eine wunderbare Aussicht haben. Es nützt wenig, wenn der eine vorangeht, ohne den anderen nachzuholen, denn allein kann er den Turm nicht besteigen. So ist es auch in der Partnerschaft. Wenn der eine vorangeht, ohne den anderen, steht er bald vor einer verschlossenen Tür, und es wird ihn viel Kraft und Energie kosten, diese aufzubrechen. Beide müssen ständig Kontakt halten, um einen Schritt weiterzukommen.

Freue dich über dein inneres Wachstum. Nimm den schweren Weg als Herausforderung an, um schließlich frei zu sein wie die Turmbesteiger, wenn sie die Aussichtsplattform erreicht haben. Frage dich nicht immer, ob du den richtigen Partner hast, sondern nimm die Schwierigkeiten als Möglichkeit zum Wachstum, zum Aufsteigen an und überlege nur, was du als Nächstes tun kannst, damit dein Partner nachkommen kann und ihr gemeinsam glücklich werdet.

Im fortgeschrittenen Alter deiner Beziehung kann es vorkommen, dass du mit Ängsten konfrontiert wirst. Diese

Ängste lassen dir bewusst werden, wie du dein Leben mit deinem Partner bisher gelebt hast. Habt ihr wirklich gelebt, das heißt, Freud und Leid angenommen, oder habt ihr das Leben aufgeschoben?

Franz, 62 Jahre alt, kommt in meine Sprechstunde, weil Rosemarie, 58, ihn nach 35-jähriger Ehe verlassen will. Er ist erschüttert von dieser Tatsache und hat starke Depressionen. Während der Ehe ist er immer wieder mit anderen Frauen zusammen gewesen, worunter Rosemarie sehr gelitten hat. Franz berichtet, seine Frau habe ihn in sexueller Hinsicht nie richtig verstanden.

Statt ihr offen zu begegnen und ihr mitzuteilen, was ihm in der Beziehung fehlt, hat er sich vor einer Aussprache gescheut und ist lieber fremdgegangen. Rosemarie blieb allein auf dem gemeinsamen Weg stehen. Nun hat sie sich anderweitig orientiert.

Franz muss in der Therapie erkennen, dass es ihm schwer fällt, Auseinandersetzungen zu führen. Lieber flüchtete er in andere Beziehungen. Hätte er einmal den Mut aufgebracht, sich seiner zu Grunde liegenden Problematik zu stellen, wäre es gar nicht so weit gekommen. Beide Partner hätten gemeinsam das Problem angehen können.

Nun muss Franz lernen, sich mit sich selbst auseinander zu setzen und kann diese Schwierigkeit als Möglichkeit sehen, sich weiterzuentwickeln. Er hat erkannt, dass er nicht der Verlassene ist, sondern dass er schon vor vielen Jahren seine Frau verlassen hat, indem er die Gemeinsamkeit vernachlässigte, weil er sich ihr nicht anvertraute. Mit dieser Einsicht hat er seinen Selbstwert wieder entdeckt und kann seine Spannungen loslassen. Seine Depression verschwand und sein Kontakt zu Rosemarie wurde wieder besser, weil sie seine neu entstandene Offenheit zu schätzen wusste.

Ziele setzen

> » *Sowie es in einem Unternehmen ein Unternehmensziel gibt, so muss es auch in der Partnerschaft ein höheres Ziel geben.* «

Um eine Partnerkrise zu bewältigen und aus ihr Erkenntnisse zu gewinnen, musst du natürlich dein Ziel in der Partnerschaft kennen. Erst dann kannst du feststellen, was dir zu diesem Ziel noch fehlt, wo der Fehler liegt, warum deine Partnerschaft nicht so funktioniert, wie du es gerne hättest. Mache zunächst einmal eine Bestandsanalyse, um zu sehen, wo du stehst. Dann kannst du das Ziel festlegen und entscheiden, wo du hinwillst. Zuletzt schaue, wie groß der Zwischenraum ist, der die Verbindung von Standpunkt und Ziel überbrückt.

Beispiel:

1. Meine Partnerschaft/Ehe ist
   - eine Bereicherung für mein Leben;
   - eine Hilfe, um mein Selbst zu verwirklichen;
   - oft ein Kampfplatz;
   - ein Ort der Geborgenheit;
   - Zweisamkeit;
   - abwechslungsreich.

2. Sie ist nicht
   - langweilig;
   - fragwürdig;
   - frustrierend;
   - einengend;
   - fremdorientiert.

3. Ich schätze an ihr:
   - dass ich mich nützlich fühlte für meinen Partner.
   - Ich fühle mich geliebt.
   - Ich fühle mich geborgen.

4. Ich mag nicht an ihr:
   - dass ich bei wichtigen Entscheidungen und Planungen auf meinen Partner Rücksicht nehmen muss.
   - die Kritik meines Partners.

5. Wie soll meine Partnerschaft in Zukunft aussehen (Zieldefinition):
   - Wir sollten mehr gemeinsame Hobbys und Interessen pflegen.
   - Wir sollten mehr Zeit füreinander haben.
   - Wir sollten Kritik als einen Weg sehen, unsere Partnerschaft zu verbessern.

Gehe nun selbst wie in diesem Beispiel alle Punkte einzeln durch und frage dich dann:

a) Wie realistisch ist das (wenn du einen Partner mit kaputtem Bein hast, ist es unrealistisch, dass er mit dir joggen geht)?

b) Was kann ich zur Realisierung beitragen?
   - Ich kann meinem Partner Arbeit abnehmen.
   - Ich kann durch eine Ich-Botschaft ausdrücken, wie viel mir daran liegt, ein gemeinsames Hobby zu haben.
   - Ich kann bei der Kritik meines Partners erst einmal zuhören und nachfragen, was er meint, bis ich ihn wirklich verstanden habe.

c) Was hindert mich daran, mein Ziel zu erreichen?

Angelika war eine Klientin, die darunter litt, dass sie als gemeinsames Hobby nur das ihres Partners nennen konnte. An anderen Hobbys hatte ihr Partner kein Interesse, das gab er ihr auch immer wieder zu verstehen, wenn sie doch einmal das taten, was Angelika vorgeschlagen hatte. Er betonte, wie sehr es ihn angestrengt und geschafft hätte. Da ihr Mann geschäftlich sehr überlastet war, hatte sie ständig Angst, ihn körperlich und seelisch zu überfordern und womöglich durch eine Krankheit zu verlieren. Schließlich hörte sie auf, ihn zu drängen und darum zu betteln, ein gemeinsames Hobby mit ihr zu pflegen. Sie hoffte jedoch noch immer, dass er eines Tages von selbst auf sie zukäme, um ihr ihren sehnlichsten Wunsch zu erfüllen. Dazu kam es jedoch nie und Angelika wurde immer depressiver.

Als wir ihre Situation genau betrachteten, konnte sie erkennen, dass ihr der Mut fehlte, die Angst zu überwinden, sie könne ihren Partner überfordern. Wir machten gemeinsam ein Trainingsprogramm und übten genau diese fehlende Eigenschaft: Mut zur Überwindung ihrer Ängste.

Es ist sehr wichtig, dass du bei deiner Analyse die Eigenschaft in dir herausfindest, die dich an der Erreichung deines Ziels hindert. Nur dann kannst du in dir etwas anderes entfalten und unabhängig von deinem Partner werden.

Als Angelika nach einiger Zeit ihren Wunsch ganz klar äußern konnte, hatte ihr Partner dafür Verständnis und sie begannen tatsächlich, ihre Freizeit auch mit Hobbys zu verbringen, die Angelika bevorzugte. Mache dazu folgende

Übung: So tun als ob

Bilde dir ein, du hättest die Eigenschaft bereits, die dir fehlt. Entspanne dich und male dir aus, wie es wäre, wenn du mit dieser neuen Eigenschaft in deiner Partnerschaft schaltest und waltest. Suche dir auch Vorbilder, Menschen aus deinem Bekanntenkreis oder andere, die diese Eigenschaften besitzen, und beobachte sie genau. Nimm dann diese Eigenschaft in dein Verhalten mit auf.

Die Methode des „so tun als ob" ist sehr wirkungsvoll, weil unser Gehirn nicht zwischen Wahrheit und Vorstellung unterscheidet. Für unser Gehirn ist alles wahr, was du dir ausdenkst und es wird realisieren, was du dir einmal vorstellst.

Fügung statt Zufall

» *Es gibt keine Zufälle. Dass du diesen Partner hast, ist eine Fügung, damit du lernst, was für dein Leben wichtig ist.* «

Es gibt nichts im Leben, was keine Bedeutung hätte. Alles, was du wahrnimmst, woran du denkst, was du spürst, fühlst usw. hat eine Bedeutung für dein Leben, damit du daran lernen kannst. So ist es auch mit deiner Partnerschaft. Du hast gerade diesen Partner, damit er dir spiegeln kann, wer du bist, wo du stehst, was du zu lernen hast. Es ist wunderbar, diese Erfahrung zu machen, dass dein Partner für dich eine Hilfe ist, um zu erwachen und zu wachsen. Wenn du diese Einstellung einmal angenommen hast, kannst du mit den Streitereien in deiner Partnerschaft ganz anders umgehen. Du fragst dich nämlich von nun an: was will mir diese Auseinandersetzung jetzt zeigen? Statt deinen Partner wegzuschieben, wenn er dir nach deinen Vorstellungen keine Freude mehr bereitet. Wenn du dir also von nun an die Frage stellst: Warum habe ich diesen Partner, was kann ich durch ihn in mir erkennen, warum bin ich ihm wohl begegnet? Warum haben wir jetzt diesen Streit, was wird mir dadurch gezeigt? Was kann ich daraus lernen? Wenn du dir diese Fragen stellst, wird genau dieser Partner mit allem, was du nicht an ihm magst, eine große Bereicherung sein.

Bevor du die folgenden *Übungen* beginnst, lies dir das Kapitel erst vollständig durch.

Übung 1:

1. Sieh von diesem Buch auf und schau dich im Zimmer um. Beschreibe nun detailliert die erste beste Sache, die du siehst. Schreibe alles genau auf und schildere dabei all deine Eindrücke und Informationen, die du empfängst. Schreibe alles auf, was du für richtig hältst. Lass dich von deinen Assoziationen tragen. Lass zu, dass diese Informationen Antworten auf deine Fragen sind, die dich innerlich sehr beschäftigen.
   Nun schau auf.

2. Denke darüber nach, was du wahrgenommen hast. Sind diese Eindrücke positiv oder negativ? Hast du vielleicht das Gefühl für ein Ja oder ein Nein bekommen? Verändert das, was du wahrnimmst, dein Riechen, Sehen, Hören, Schmecken oder Fühlen eher zum Positiven oder Negativen? Welche Anhaltspunkte gibt dir deine Intuition noch?
   Nimm all diese Eindrücke wahr und schreibe sie auf.

An einem Beispiel möchte ich dir zeigen, wie eine Antwort und ihre Interpretation aussehen könnte:

Wenn ich aufsehe, sehe ich eine Balkontür mit Jalousette, dahinter auf dem Balkon steht ein Lebensbäumchen. Die Jalousette ist zum Durchsehen geöffnet. Das Bäumchen steht seitlich der Tür. Die Tür ist geschlossen. Weiter weg verbaut ein Haus die Sicht ins Weite.

Interpretation:

Das Lebensbäumchen hinter der Balkontür ist schon zu sehen, zwar noch nicht ganz klar, weil die Tür noch nicht auf und die Jalousette nicht ganz aufgezogen ist, aber ich bräuchte nur die Tür zu öffnen, dann könnte ich zum Lebensbäumchen gelangen und könnte es anfassen. Das bedeutet, dann könnte ich das Leben so annehmen, wie es ist. Es liegt an mir, ob ich die Tür öffne. Ein Haus versperrt mir von meinem Platz aus die Sicht, aber ich bräuchte nur auf den Balkon zu treten – übersetzt heißt das: ich bräuchte nur mutig sein und ins Leben treten – schon könnte ich eine viel weitere Sicht haben. In mir würde sich etwas weiten, meine Ängste würden verschwinden.

Dies ist eine Interpretation, die auf mein Leben zutreffen würde. Für dich könnte dabei etwas ganz anderes herauskommen.

Lass einfach alle Sinne in dir sprechen und übersetze alle Metaphern in nützliche Informationen. Sie gehören zu deinem Leben. Es gibt keine Zufälle. Auch dein Partner teilt dir indirekt jeden Tag eine Menge über dich mit, du musst es nur wahrnehmen. Wir werden in weiteren Kapiteln immer wieder die Wahrnehmung durch Übungen sensibilisieren. Frage dich nach einem Streit oder wenn in deiner Beziehung etwas schief läuft, was dir dies zeigen könnte, was du daraus lernen könntest. Stelle deine Fragen und gehe dann wie in der Übung beschrieben vor. Hast du eine positive Antwort, dann mache die nächste Übung.

Hast du eine negative Antwort, dann stelle dir folgende Frage:

Was kann ich tun, damit ich einen positiven Ausgang erreiche oder sich eine positive Veränderung einstellt?

Gehe dann wie im oben genannten Beispiel auf die gleiche Weise noch einmal alle Einzelheiten durch.

Wenn du nach einiger Zeit Erfahrung mit dieser Fragetechnik hast, brauchst du Übung 1 gar nicht mehr zu machen. Du brauchst dann nur noch die Fragen an dein Inneres zu stellen, und du wirst direkt die richtigen Antworten bekommen. Manchmal bekommst du eine Antwort nicht sofort, dann habe Geduld, lass die Frage los und du wirst die Antwort zu einem anderen Zeitpunkt empfangen. Das kann auch in Form von einem Gefühl oder einem Bild oder sonst etwas sein.

Aber du wirst dann genau wissen, dass dies die Antwort auf deine Frage ist.

Hast du nun eine positive oder neutrale Antwort, dann musst du den Dingen Zeit geben, sie geschehen zu lassen. Das ist sehr wichtig, denn alles im Leben braucht Zeit und Raum, um sich zu entwickeln. Habe Geduld und nutze die Zeit, um mehr Informationen über dich zu bekommen. Ändere deine Einstellung zu euren Auseinandersetzungen oder negativen Geschehnissen. Erkenne, dass sie dazu dienen, dich in deinem Wachstum weiterzubringen.

Übung 2: Loslassen

> Setze oder lege dich bequem hin, schließe die Augen und atme tief, langsam und gleichmäßig. Nimm dir dafür ein paar Minuten Zeit. Dann stelle dir möglichst genau auf allen Sinneskanälen (sehen, hören, fühlen, riechen, schmecken) dein Ziel, deine Vision vor und lass sie in deinen Gedanken schon Wirklichkeit sein. Nun hülle deine Vision in deiner Vorstellung in eine Seifenblase ein. Lass diese Seifenblase aufsteigen. Stell dir vor, wie sie immer weiter treibt, ins Universum hinaus schwebt, mit deiner Vision im Inneren. Das symbolisiert dein gefühlsmäßiges „Loslassen".
>
> Die Seifenblase schwebt frei im Universum und wird von liebenden Helfern entgegengenommen. Diese segnen die Vision in der Seifenblase und schicken sie dann zum geeigneten Zeitpunkt zu dir auf die Erde zurück.

Die Vergangenheit ist tot

» *Lerne aus der Vergangenheit,*
aber hebe sie nicht in den Himmel. «

Dein Leben kann sich nicht in der Vergangenheit abspielen, sondern immer nur im Jetzt. Denkst du in der Vergangenheit, dann ziehst du immer Vergleiche, und weil die Zeit nun mal Wunden heilt, siehst du immer alles positiver, als es war. Denn die negativen Gefühle werden, je länger der Abstand zur Situation ist, immer schwächer. Das ist zwar gut so aber so siehst du zwangsläufig die Vergangenheit durch eine rosarote Brille.

Viele Paare machen den Fehler, ihren Partnern vorzuhalten, sie wären früher viel liebevoller gewesen. Sie halten sich vor, wie schön es doch damals alles noch war, dabei haben sie die damaligen Schwierigkeiten allesamt vergessen. Ihre Partner und sich selbst treiben sie durch diese Sichtweise in die Enge und sie merken nicht, dass sie gar nicht leben, sondern auf der Stelle treten.

Darum vergiss die Vergangenheit, wenigstens in deinem Alltag. Du kannst sie in angebrachten Zeiten zu konstruktiven Zwecken wieder mal hervorholen, aber nur dafür. Grüble nicht über Vergangenes und grübele auch nicht über deine Krise, denke nicht darüber nach, wie schlecht es dir jetzt geht, denn damit bleibst du in diesen negativen Gedanken stecken. Du kultivierst sie und kannst dem Neuen und Schöneren im Leben nicht begegnen. Stelle dir vielmehr bewusst vor, was du in der Zukunft erleben möchtest und backe diese Träume regelrecht zusammen, wie einen Kuchen. Nimm dazu alle deine Sinne (sehen, hören, fühlen, usw.) und schau dir dein

Ziel wie in einem Kinofilm an. Lass sie los, wie du einen Kuchen in den Ofen stellst, damit er gar wird. Wende dich dann wieder der Gegenwart zu, deiner Arbeit, deinem Alltag.

Frauke kam zu mir in die Praxis, weil sie unter starken Kopfschmerzen litt. Während der Therapie stellte sich heraus, dass ihr Partner sie verlassen wollte, weil sie sehr nachtragend war. Sie hielt ihrem Partner immer wieder Dinge vor, die er irgendwann einmal falsch gemacht hatte, sei es, dass er sie gekränkt oder vernachlässigt oder dass er mal ein bisschen mit einer anderen geflirtet hatte. Sie konnte nichts davon verzeihen, die Gegebenheiten kamen ihr immer wieder in den Kopf. Im Laufe ihrer achtjährigen Ehe hatte sich nun eine ganze Menge in ihrem Kopf angesammelt. Es sprengte ihr fast den Kopf, zwangsläufig musste das zu starken Kopfschmerzen führen.

Neben einer sich selbst erfahrenden therapeutischen Vorgehensweise schlug ich Frauke die nachfolgenden Übungen vor, die sie jeden Tag mehrmals durchführen sollte.

Übung 1:

Setze oder lege dich ganz bequem hin und schließe die Augen. Atme tief ein und aus und spüre dabei, wie du immer ruhiger wirst.

Stelle dir in deiner Phantasie eine große Kiste vor mit einem dicken Vorhängeschloss, zu dem nur du die Schlüssel hast. In dieser Kiste sind alle deine Erinnerungen an die Vergangenheit gesammelt, wie Fotos, die du einmal gemacht hast und nun aufbewahrst. Innerhalb der Kiste gibt es noch eine Unterteilung in positive und negative Erinnerungen. Immer wenn etwas deiner Vergangenheit angehört, stecke es in die Kiste und schließe sie mit dem Schlüssel ab.

Je nach Bedarf kannst du die Kiste öffnen und eine Erinnerung hervorholen. Schau sie dir an und nimm das

Gefühl wahr, das damit verbunden ist. Ist es ein negatives Gefühl wie Schmerz, Wut, Angst usw., dann prüfe für dich, wie sinnvoll es ist, sich damit jetzt auseinander zu setzen. Zu was kann das führen? Ist es deinem Ziel dienlich? Wenn du es genau geprüft hast, entscheide, ob du die Erinnerung wieder in die Kiste steckst, oder ob du sie noch eine Weile betrachten möchtest, um für dich eine neue Erfahrung zu machen. Beobachte deine Gefühle, nimm sie an der Stelle wahr, wo du sie fühlst, und danke ihnen, dass du sie haben kannst. Sie zeigen dir jetzt, dass du lebst.

Schließe die Erinnerungen dann wieder in der Kiste ein und komme unbelastet zurück ins Hier und Jetzt.

Übung 2

Setze oder lege dich entspannt hin und vergegenwärtige dir eine vergangene Situation, von der du dir sagst, du hättest sie am besten nicht erlebt. Stelle dir alle Gegebenheiten sowie die beteiligten Personen genau vor, und mache dir bewusst, dass diese Situation und die betroffenen Personen auf deinem Schicksalsweg wichtig waren, weil du ohne sie heute nicht da wärst, wo du jetzt bist.

Versuche nun, das Geschehene zu begreifen, ihm einen Sinn zu geben und achte darauf, wann genau du eine gewisse Dankbarkeit dafür entwickelst, dass alles so war, wie es war.

Achte darauf, wie es dir vielleicht schon gelingt, den betroffenen Partnern zuzulächeln und ihnen zu danken, dass sie bereit waren, bei deiner Schicksalsverwicklung mitzuhelfen.

Danach kannst du zu einem anderen Ereignis übergehen und ebenso verfahren. Auch wenn dir die Übung am Anfang schwer fällt, wiederhole sie immer wieder, um zu erleben, dass etwas in dir immer leichter wird und dein innerer Druck verschwindet.

Bei dieser Übung wirst du durch das Annehmen des Schicksals zur Erlösung geführt. Sie funktioniert auf die gleiche Weise wie das Beispiel mit der Wand, gegen die mit aller Kraft gedrückt wird, bis das Gefühl entsteht, dass die Wand mit gleicher Intensität zurück drückt. Je mehr Druck, desto mehr Gegendruck, probiere es ruhig einmal aus. Die Lösung besteht darin, die Hände von der Wand wegzunehmen. Der Druck der Wand wird von allein verschwinden. Du musst nur den Mut haben loszulassen.

Betrachte deine Partnerschaft als Aufgabe

» *Glaube nicht du seiest auf der Welt, um immer nur glücklich zu sein, sonst wirst du oft enttäuscht sein. Deine Lebensaufgabe ist lernen um zu wachsen und das mit Freude.* «

Deine Partnerschaft ist da, damit du dich in ihr entwickeln und wachsen kannst. Wie du schon weißt, bekommst du dein Glück nicht geschenkt, du musst es dir erarbeiten; aber die Arbeit wird zur Freude, wenn du in ihr den Weg zur Erfüllung siehst. Darum ist es wichtig, eine positive Einstellung zu deiner Partnerschaft und deiner Lebensarbeit zu haben. Die bekommst du nicht, wenn du denkst: „Ach, schon wieder geht's mir schlecht" –, sondern wenn du dankbar bist für das, was du bist und erreicht hast. Mach dir mal bewusst, dass du schon als Sieger auf die Welt gekommen bist, nämlich aus vielen tausend Samen warst du der Erste, der die Eizelle erreicht hat.

Wenn du das bedenkst und dazu noch deine Geburt nimmst, die den größten Stress bedeutete, den du je erlebt hast und je erleben wirst, dann hast du schon stärkende Ressourcen für deine Partnerschaft und für dein Leben gewonnen. Als heranwachsende und erwachsene Menschen haben wir nämlich den Stress vergessen, der körperliche Schmerzen, eingeengt sein, Ängste und schließlich Erschöpfung beinhaltete. Wenn du dir das vor Augen hältst, kann alles Weitere, was in deinem Leben auf dich zukommt, nur noch halb so schlimm sein.

- Mach dir einmal klar, was du schon alles erreicht hast in deiner Partnerschaft und was du selbst dazu beigetragen hast.

- Frage dich, ob du es je gewürdigt hast, oder ob du es einfach als eine Selbstverständlichkeit hingenommen hast?
- Denke darüber nach, was dir schon alles geschenkt wurde in deiner Partnerschaft. Dazu gehören auch alle Gefühle in der Phase des Verliebtseins. Denke zunächst an alle Dinge und Gefühle, die dir Freude oder Lust bereiteten. Schreibe sie auf. Hast du sie schon einmal gewürdigt?

Um innerlich erfüllt zu sein, musst du erst einmal wissen, wovon du erfüllt sein willst. Du kannst es dir auf diese Weise bewusst machen und es als etwas Besonderes ansehen. Du musst es annehmen, bevor du deine Aufgabe, deine Partnerschaft zu leben, in Angriff nehmen kannst.

Wenn wir die Partnerschaft als Aufgabe ansehen wollen, müssen wir als nächsten Schritt das Wort „Aufgabe" betrachten. Eine Aufgabe hat immer ein Ziel. Für unsere Partnerschaft könnte das lauten: Gemeinsam glücklich zu sein. In dem Wort Aufgabe steckt jedoch auch das Wort „aufgeben". Was sollst du aufgeben, um dein Selbst zu finden und erfüllt und glücklich zu sein? In der Partnerschaft hindert dich dein Ego daran, glücklich zu werden. Durch dein Ego kannst du nicht im Sein leben. Im Sein zu leben, bedeutet, glücklich zu sein und das wiederum heißt, gern zu tun, was einem durch die Lebensumstände zu tun gegeben ist, was die Aufgabe ist, was man also tun muss. Wie kannst du nun lernen, von deinem Ego zunehmend Abstand zu gewinnen, dein Ego aufzugeben? Indem du die Herausforderung Partnerschaft annimmst und als Aufgabe betrachtest.

> – Schreibe nun einmal alle negativen Dinge und Gefühle, die dir in deiner Partnerschaft geschenkt wurden, auf ein Blatt Papier. Ich sage ganz bewusst: „geschenkt wurden", weil sie dir helfen, neue Erfahrung zu machen.

– Frage dich dann, wie du damit umgegangen bist. Kannst du sie jetzt würdigen? Wahrscheinlich nicht, weil du noch nicht weißt, welches Glück sie dir bereiten können.

Franziska und Theo haben sich immer wieder ganz fürchterlich gestritten. Theo hat Franziska wiederholt stark verletzt, indem er sie ständig kritisierte und ihr vorwarf, sie würde Dinge nicht ordentlich erledigen. Obwohl sie sich seit langer Zeit die größte Mühe gab, alles nach seiner Vorstellung zu erledigen, gab es von seiner Seite immer wieder Anlass zu Kritik, die mit sehr verletzenden Worten endete. Eines Tages kam Theo nach Hause und fand die Wohnung leer geräumt. Er war fassungslos, damit hatte er nicht gerechnet. Was ist hier geschehen?

Franziska hat ihr Ziel aufgegeben, nicht ihr Ego. Sie ist davongelaufen, ohne aus der Situation zu lernen. Sie hat aber nicht nur ihre Koffer mitgenommen, sondern auch ihre Probleme. In der nächsten Partnerschaft hätte sich alles wiederholt, wäre sie nicht in meine Praxis gekommen. Gemeinsam suchten wir nach einem Weg.

Zunächst stellten wir fest, dass unsere Partner immer unsere Spiegel sind. Von diesem Standpunkt aus musste Franziska sich fragen, was Theo ihr spiegelte. Die stärksten Gefühle entwickelte Franziska, wenn Theo sie kritisierte. Kritisiert zu werden war etwas, was sie sehr stark traf und demütigte. Daran konnte sie erkennen, dass Theo ihr das Thema „Kritik" spiegelte, damit sie es wie in einem Spiel genau betrachten konnte. Als Nächstes fragte sich Franziska, was Theos Kritik mit ihr zu tun hatte. Bis jetzt dachte sie ja, dass er der Bösewicht wäre, nicht sie. Sie wurde sogar wütend auf mich, weil ich sie darauf aufmerksam machte, dass sie die „Schuld", wie sie es nannte, bei sich selbst suchen müsse.

Ich machte ihr klar, dass hier von Schuld keine Rede sein konnte, sondern nur von Erkenntnis. Nämlich der, dass unsere Partner immer unsere Spiegel sind und wir uns mit unseren Schwächen und Stärken durch sie erkennen können.

Erneut gingen wir nun auf die Suche in ihrem Innern nach dem Thema „Kritik". Nach einiger Zeit konnte Franziska erkennen, dass sie selbst mit sich sehr kritisch umging. Sie versuchte ständig, pedantisch genau ihre Aufgaben zu erledigen und war mit sich selbst nie zufrieden. Sie konnte nichts, was sie gut gemacht oder erledigt hatte, würdigen. Sie lehnte sich selbst innerlich ab.

Nach dieser Erkenntnis war sie sehr erleichtert und lernte nun, sich selbst mehr zu loben und zu bestätigen. Eines Tages fiel ihr auf, dass Theo, zu dem sie wieder zurückgekehrt war, sie gar nicht mehr kritisierte, oder nur sehr selten. Dadurch, dass sie sich selbst angenommen hatte, konnte auch ihr Partner sie annehmen. Ihre Probleme lösten sich ganz von allein auf. Dazu musste ihr Ego zurücktreten, das Ego, das sie ständig fordern ließ: „Ich will, dass du mich nicht mehr kritisierst." Sie hatte vergessen, in den Spiegel zu schauen und ihre „Aufgabe" zu sehen.

Das Polaritätsgesetz

Das Polaritätsgesetz ist eine Grundlage allen menschlichen Lebens. Alles, was der Mensch in der Welt vorfindet und was er sich vorstellen kann, offenbart sich ihm in zwei Polen. Er kann sich Einheit nicht vorstellen, denn sie wäre gleich bedeutend mit Gott. Dieses Leben in der Polarität hilft ihm aber, sich zu entwickeln und zu wachsen, denn nur durch den einen Pol ist es ihm möglich, den Gegenpol zu begreifen. So kann er sich also *gut* nicht vorstellen und danach streben, wenn er nicht weiß, was *böse* ist. *Mann* nicht, wenn er *Frau* nicht kennt; *Licht* nicht, wenn er *Finsternis* nicht kennt; *groß* nicht, wenn er *klein* nicht kennt, und so fort.

Wir Menschen versuchen immer wieder, diese Phänomene Begriffspaaren zuzuordnen, also etwas ist entweder hell oder dunkel, warm oder kalt usw., und wir gehen davon aus, dass wo das eine ist, das andere nicht sein kann. Aber in Wirklichkeit ist beides da und zwar gleichzeitig, nur der Mensch kann es nicht gleichzeitig wahrnehmen. Darum nimmt er es hintereinander wahr. Aber die Einheit dieser beiden Pole besteht trotzdem.

So können wir von einer Münze nicht beide Seiten gleichzeitig betrachten, und doch sind beide gleichzeitig vorhanden. Oder wir können nicht ausatmen, ohne eingeatmet zu haben, und dennoch sind Ein- und Ausatmen eine Einheit aus einem ständigen Wechsel der Pole. Es entsteht ein Rhythmus, der wiederum die Grundlage allen Lebens ist. Wenn man den Rhythmus zerstört, zerstört man Leben. Er besteht aus den zwei Polen „sowohl"–„als auch". Wer nicht ausatmet, kann auch nicht einatmen. Der eine Pol lebt von der Existenz des anderen.

Wenn wir dieses Beispiel des Ein- und Ausatmens nun übertragen auf unser gesamtes Leben, kann man sich auch vorstellen, dass man ein Ziel nur über seinen Gegenpol erreichen kann, nicht auf dem direkten Weg, wie wir Menschen immer wieder vergeblich versuchen und ständig Misserfolge dabei haben. Jede Haltung für oder gegen etwas, jede Meinung oder Ansicht, die ein Mensch auf irgend einem Gebiet hat, blockiert seine Entwicklung. Wiederum fällt dem Menschen nichts schwerer, als seine Meinung zu ändern.

Polarität besagt also nichts anderes, als wenn man eine Münze besitzen will, man die beiden Seiten der Münze annehmen muss, sonst kann man die Münze nicht in Besitz nehmen. Wenn wir nun wieder zur Partnerschaft zurückkommen, heißt das, du musst das Leid anschauen, es annehmen und erfüllen. Dadurch kannst du es integrieren und zu einer wunderschönen, wertvollen Münze machen, die dir all deine Wünsche erfüllt.

Betrachte deine Partnerschaft als Spiel

» Der Weg ist das Ziel und damit ein Spiel. «

Wenn du alle Ziele erreicht hättest, würdest du stehen bleiben.

Du könntest sie nicht mehr genießen. Es gäbe kein Auf und Ab, keine Bewegung mehr. Alle Schwierigkeiten, alle Probleme, all das, was wir vermeiden wollen, bringt uns weiter. Wenn du nur das Ziel siehst und dich darüber ärgerst, dass du es noch nicht erreicht hast, wirst du es schwer haben. Wenn du hingegen den Weg zum Ziel als Spiel betrachtest, hast du deine Freude.

Um eine wichtige Erfahrung zu machen, suche dir ein Gesellschaftsspiel aus, an dem mehrere Spieler beteiligt sind und spiele es mit mehreren Spielern. Zum Beispiel Mensch ärgere dich nicht, Monopoly, Spiel des Lebens o.ä. Es soll jedoch ein Spiel sein, bei dem die anderen Spieler weiter spielen, auch wenn der Erste schon das Ziel erreicht und das Spiel gewonnen hat.

Wenn du einmal als Erster gewonnen hast, beobachte deine Gefühle und Gedanken. Wie fühlst du dich in der Gegenwart der anderen, die noch weiter spielen? Vielleicht machst du die Feststellung, dass du dich wie ein Außenseiter fühlst. Oder du langweilst dich, denn am Spiel darfst du ja nicht mehr teilnehmen. Du hast zwar gewonnen, aber die Freude, die die anderen weiterhin an ihrem Spiel haben, kannst du nur noch halb mit ihnen teilen.

Darum solltest du froh sein, solange du mitspielst und alles als Spaß sehen kannst. Genau so ist das Leben und deine Partnerschaft. Freue dich über die glücklichen und über die weniger glücklichen Zeiten, dann hast du Bewegung in deinem Leben und kannst daraus etwas lernen. Dein Ziel solltest du immer im Auge behalten und Freude haben auf dem Weg dorthin. Nimm bewusst wahr, was dir dabei begegnet, sei es auch manchmal Wut, Ärger, Angst oder Schmerz. Lebe ganz im Hier und Jetzt, so kannst du eine Menge über dich selbst erfahren und wirst lernen, alles anzunehmen und damit dein Selbst zu stärken. Dadurch erlangst du ein starkes Selbstbewusstsein.

Folgende *Übung* lässt dich erkennen, was wir im Alltag normalerweise nicht wahrnehmen:

> Lege oder setze dich bequem hin.
>
> Spüre nach, was du in deinem Körper wahrnimmst. Fang an bei den Fußspitzen und gehe durch den ganzen Körper über die Waden, Kniekehlen, Oberschenkel, Gesäß, Bauch, Magen, Rücken, Brustkorb, Herz, Atem, Hals, Gesicht, Stirn, bis zum Kopf. Vielleicht sind deine Füße kalt, dein Magen ist leer, dein Atem geht ruhig, dein Herz schlägt gleichmäßig, dein Gesicht ist entspannt, usw. Nachdem du durch deinen ganzen Körper gewandert bist mit deinen Gedanken, achte auf alle Geräusche um dich herum. Vielleicht stellst du fest, dass du jetzt etwas hörst, das du eben noch nicht gehört hast, zum Beispiel das Ticken der Uhr, obwohl es schon die ganze Zeit da war. Du hast es nur nicht wahrgenommen, weil deine Konzentration woanders lag. So gibt es vieles, das wir zeitweise nicht wahrnehmen, weil wir unseren Fokus auf etwas anderes gerichtet haben. Das ist auch notwendig und normal, denn wir können nicht alles immer gleich bewusst wahrnehmen. Wir müssen uns vieles entgehen lassen. Das ist wichtig, sonst wären wir überfordert.
>
> Nimm dir für diese Übung zehn bis fünfzehn Minuten Zeit und beende sie, indem du dich richtig reckst und streckst.

Das höhere Selbst

> *Deine Intuition oder besser dein höheres Selbst gibt dir Antwort auf all deine Fragen.*

Um die Krisen in deiner Partnerschaft zu deinem inneren Wachstum nutzen zu können, benötigst du so etwas wie eine innere Weisheit. Vielleicht kannst du, wenn du in einer Krise bist, zu einem guten Freund, zu den Eltern oder zu einem Vertrauten gehen, aber nicht immer bekommst du dort den Rat, der für dich richtig wäre. Oft gehst du enttäuscht weg und weißt, genau so darfst oder kannst du jetzt nicht reagieren. Dass du nicht immer den Rat erhältst, der dir passt, liegt daran, dass der andere Mensch anders denkt als du. Dass er nicht in deiner Haut steckt, gerade nicht in deiner Situation ist und darum auch nicht deine Gefühle durchlebt. Er sieht das Problem aus einer objektiveren Sicht. Manchmal wünschst du dir vielleicht so einen guten Freund in dir selbst, der dich und deine Gefühle kennt und trotzdem objektiv bleiben kann.

Genau diese Instanz aber gibt es in dir. Jemand, der alles von dir weiß und dich durch und durch kennt, und der dir immer raten kann, was für dich richtig ist. Nennen wir ihn unser höheres Selbst. Wir könnten es auch Intuition nennen, innere Weisheit, Vollkommenes Bewusstsein, Gott oder noch ganz anders. Mit unserem normalen Denken können wir dieses Selbst nicht erfassen, aber wir können es wahrnehmen in Form einer „inneren Stimme". Diese innere Stimme zeugt von einem Wissen, das nicht aus den uns bekannten Quellen stammt. Sie hat jedoch immer Recht. Das höhere Selbst kann sich aber auch in nonverbaler Form zeigen, zum Beispiel als ein starkes Gefühl der Freude, des Friedens, der Geborgenheit oder als Liebe, die aus heiterem Himmel in dein Leben tritt. Oder es kann sich durch ein Symbol zeigen. Egal wie, es gibt dir immer Antwort auf deine Fragen, hilft dir bei der Lösung deiner Probleme, der Verwirklichung deiner Wünsche und bei der Heilung von Krankheit.

Ich selbst kam mit meiner Intuition bewusst das erste Mal vor vielen Jahren durch eine schwere Partnerkrise in Kontakt. Ich betete immer wieder zu Gott, er möge mir doch helfen in meiner Not. Wie immer schickte ich meine Wünsche hinaus, ansonsten tat ich aber nichts. Meistens gingen die Wünsche nicht in Erfüllung. Diesmal betete und weinte ich dabei ganz bitterlich, und es fiel mir einfach nichts mehr ein, um was ich hätte flehen können. Es war diesmal anders als in den bisherigen Gebeten, in denen ich bemüht war, eine Antwort zu bekommen. Ich war zu erschöpft, saß einfach nur noch da und erwartete nichts mehr. Ich wollte mein Gebet aber noch nicht beenden, und so blieb ich eine ganze Weile, vielleicht war es eine halbe Stunde, in dieser Gedankenstille, bis ich plötzlich wahr nahm, dass ich innerlich wie in ein Gespräch verwickelt war. Ich stellte Fragen und bekam darauf sofort eine Antwort, ähnlich wie in „Don Camillo und Pepone". Die Antworten kamen so, als ob Gott mit mir sprach. Sie waren auch alle so plausibel und tröstlich, dass ich mit einem guten Gefühl mein Gebet beenden konnte und vollkommen erleichtert war. Zu diesem Zeitpunkt wusste ich noch nichts von einem höheren Selbst. Mehr darüber erfuhr ich erst später, und bei der Schilderung, wie es sich bemerkbar machen kann, fiel mir mein damaliges Gebet ein.

In meinen Meditationen übte ich immer wieder, den Kontakt aufzunehmen, und es gelang mir mit der Zeit immer besser. Später wendete ich diese Methode während der Therapiestunden an und musste feststellen, dass ich mich dadurch wesentlich besser auf meine Klienten einstellen konnte und mir immer der richtige Weg für sie gezeigt wurde. Es war, als ob meine eigenen Worte gar nicht von mir kamen.

Übung 1

mit der du deine Intuition verbessern kannst:

> Nimm dir in der Woche an zwei oder drei Tagen, am besten am Wochenende, jeweils zwei Stunden Zeit, in denen du frei und allein bist, allen Verpflichtungen fern. Tue in dieser Zeit nichts anderes, als von Augenblick zu Augenblick deinen Gefühlen, deiner Eingebung, deinen spontan von innen auftauchenden Impulsen zu folgen. Wenn du spazieren gehen willst – tue es. Wenn du Hunger bekommst, iss das, worauf es dich am meisten gelüstet, lass dich dorthin führen, wo du es bekommst. Du musst nichts weiter tun, als deinem Impuls zu folgen. Deine innere Stimme führt dich im richtigen Moment zum richtigen Ort und du findest genau das, was du brauchst.
>
> Beginne diese zwei Stunden damit, dass du am Anfang kurz in dich gehst, dein höheres Selbst bittest, die nächsten zwei Stunden gut für dich zu sorgen, damit du entspannt und in dir selbst ruhend die Übung durchführen und beenden kannst.
>
> Ganz wichtig ist, dass du dich deinem höheren Selbst anvertraust, wie ein Kind sich seinen Eltern anvertraut.

Übung 2

> Versetze dich in einen entspannten Zustand. Beobachte eine Weile deinen Atem und lass deine Gedanken kommen und gehen, bis du innerlich ganz ruhig bist. Dann gehe zum Scheitelpunkt deines Kopfes und stelle dir dort eine kelchförmige Öffnung vor, durch die deine Intuition einströmt. Du kannst sie dir als einen Lichtstrahl vorstellen. Dann richte dich auf das Herzzentrum in der Mitte deiner Brust aus. Werde dir deines Herzens als Zentrum deines Selbst als fühlendes Wesen bewusst. Atme hinein und spüre, was dabei in dir vorgeht. Frage dein Herz, welche Frage es momentan am meisten bewegt. Atme entspannt

weiter und warte, was aus deinem Herzen auftaucht. Formuliere es zu einer Frage und gib ihr nun Raum und Zeit, ohne sie zu beantworten. Bitte dein höheres Selbst um Antwort. Atme entspannt weiter und warte einfach ruhig ab, was geschieht.

Die Antwort kann sich unterschiedlich gestalten. Sie kann sowohl in Worten als auch als formulierter Satz, als Bild, als Gefühlseindruck usw. auftauchen. Es ist auch möglich, dass während der Meditation überhaupt nichts erscheint. Bleibe dann einfach so lange sitzen, bis du spürst, dass die Meditation jetzt abgeschlossen ist und beende sie dann. Die Antwort wird auf anderem Wege zu dir kommen. Vielleicht im Traum, beim Zeitung lesen, durch einen Mitmenschen, oder sonst wie. Wichtig dabei ist, dass du darauf vertraust, dass sie dich im richtigen Augenblick erreichen wird.

Wichtig ist außerdem, dass du nicht so schnell aufgibst, denn es bedarf schon einiger Übung, seine innere Stimme wahrzunehmen.

Vielleicht stellst du dir hier die Frage, wie du sie von anderen Phantasien oder Gedanken unterscheiden kannst. Die innere Stimme ist der erste Gedanke oder das erste Gefühl, das sich einstellt. Manchmal kann es vorkommen, dass du dies gar nicht bemerkst. Du kannst aber davon ausgehen, dass du ein Gefühl von absoluter Sicherheit und Leichtigkeit bemerkst. Du weißt bald, woher das Gefühl kommt. Bist du dir dennoch unsicher, frage dein höheres Selbst, ob du die Antwort richtig verstanden hast. Du kannst dich nämlich mit ihm solange unterhalten, bis du Klarheit hast. Dein höheres Selbst ist unendlich geduldig.

Lerne, dich in deinen Partner hineinzuversetzen

» *Dein Partner ist eine Herausforderung. Wenn du ihm mit Aufmerksamkeit begegnest, begegnest du dir.* «

Dein Partner ist ein entscheidender Wegweiser für dich. Dazu musst du lernen, ihm genau zuzuhören und dich in ihn hinein zu versetzen. Oft entstehen Probleme dadurch, dass du zu wenig für deinen Partner da bist, das heißt versuchst, ihn von Herzen zu verstehen. Das genau kannst du nur, wenn du weißt, wie er fühlt. Das erreichst du meistens nicht durch Fragen, weil er das vielleicht selbst nicht weiß oder nicht sagen will, sondern durch hinein fühlen in ihn, sozusagen in seine Haut schlüpfen.

Das Ziel, sich in den anderen hinein versetzen zu können, ist neben einer besseren Beziehung, dass du dich selbst findest. Du lernst dadurch Gefühle kennen, die sonst nicht zu Tage kämen. Das hat nichts mit Aufopferung, nachgeben usw. zu tun, denn es geht nie allein nur um den anderen, sondern primär um dich. Wenn du das erkennst, fühlst du dich dabei nicht als Opfer. Du verstehst dann, wie der andere fühlt und empfindest ihn nach. Du kannst ein Stück weit seine Gefühle verstehen, warum er reagieren muss, wie er reagiert. Wenn du das nachvollziehen kannst, fällt es dir leichter, dein Ego nicht an die erste Stelle zu setzen. Beobachte nun deine Gefühle und fühle sie genau. Vielleicht sind sie ganz neu für dich und geben dir Aufschluss über dein Innenleben.

Monika, die bei mir eine Therapie machte – sie trank zu viel Alkohol und wollte davon loskommen – beklagte sich über ihren Partner Bert, weil er immer so ungerecht zu ihr war. Er machte ihr ständig den Vorwurf, dass sie bei allem, was sie tat, nie an ihn denken würde. Sie würde immer wieder die gleichen Fehler wiederholen und nichts dazulernen.

Monika dagegen sagte von sich, dass sie alles für ihren Partner tun würde, nie an sich selbst denke, sondern ihm alles Recht zu machen versuche. Sie empfand sich selbst als aufopfernd und selbstlos. Sie könne sich jedoch anstrengen, wie sie wolle, ihr Partner bemerke es nicht. Dadurch sei sie so deprimiert, dass sie immer wieder zu viel trinken würde.

Im Verlauf der Therapie machten wir einige Übungen aus der Gestalt-Therapie, in denen Monika abwechselnd sich selbst und dann wieder ihren Partner spielte. Monika konnte in den Rollenspielen die Gefühle ihres Partners durchleben. Sie spürte zum ersten Mal, wie verzweifelt Bert sein musste, wenn er Monika zum Beispiel bat, den Kühlschrank vom verschimmelten Käse zu säubern, und sie zwei Wochen später wieder Käse im Kühlschrank vergaß. Monika musste sehr stark weinen und erkannte dann, dass sie nicht nur Berts Bitten nicht hörte, sondern dass sie außerdem auch noch trank, was Bert noch trauriger machte. Sie erkannte, dass sie nicht das unterlegene, kleine, selbstlose arme Würmchen war, sondern dass sie eine ganze Menge Macht und Egoismus besaß. Indem sie trank, flüchtete sie ja zunächst mal vor einer Auseinandersetzung in eine andere Welt, wo sie es sich gut gehen ließ, weit weg von allen Problemen. Mit dieser Erkenntnis konnte sie ihr Selbstmitleid korrigieren und nach einiger Zeit vom Alkohol loskommen, sich ganz wörtlich genommen aus dem Alkoholismus „ent-wickeln".

Übung für ein besseres Verständnis deines Partners:

> Setze dich bequem hin und schließe die Augen. Stell dir vor, dass dein Partner dir gegenüber sitzt und dich ansieht. Nimm dir Zeit, ihn dort sitzen zu sehen und nimm mit ihm Kontakt auf. Wie sitzt er? Wie ist sein Gesichtsausdruck? Nimm alles wahr und spüre, wie dir zu Mute ist.

Nun sage ihm alles, was dir in den Sinn kommt, so als säße er wirklich da. Nimm wieder wahr, wie es dir dabei geht, auch wie sich dein Körper anfühlt. Halte den Kontakt mit deinem Partner im Geiste mindestens fünf Minuten aufrecht.

Nun tauschst du die Rollen und antwortest auf das, was du gerade hervorgebracht hast. Was genau antwortest du?

Wie ist dir dabei zu Mute? Sprich alle Gefühle und Empfindungen, auch Ärger, aus.

Tausche dann wieder die Rolle und sei wieder du selbst.

Wie reagierst du auf das Gehörte?

Was antwortest du und was empfindest du dabei?

Sag deinem Partner, was du ihm gegenüber empfindest und was du von ihm denkst. Wie erlebst du die Beziehung?

Nun sage auch, was du brauchst und was du haben willst. Nimm dir Zeit dafür.

Tausche wieder die Rolle und sei wieder dein Partner.

Was antwortest du auf deine Wünsche an ihn? Wie empfindest du das in der Rolle des Partners?

Tausche die Rollen noch ein paar Mal und achte immer auf die Empfindungen. Nach ungefähr einer halben Stunde kannst du die Zwiesprache beenden.

So kannst du in einer schwierigen Situation immer verfahren.

Gegenseitige Unterstützung

*»Lebe nicht auf Kosten deines Partners,
damit dich das Glück nicht verlässt.«*

Viele Probleme in Partnerschaften entstehen, weil die Partner mehr oder weniger ihre eigenen Wünsche erfüllt haben möchten. Es fehlt ein Ziel, das sie gemeinsam erreichen wollen. Das nämlich würde bedeuten, dass beide bereit sind, auch auf die Bedürfnisse des anderen zu achten.

Es ist wichtig, die eigenen Wünsche mit denen des Partners abzustimmen und herauszufinden, was jeder leisten und geben kann, bzw. worauf er verzichten muss, um das gemeinsame Ziel zu erreichen.

Lebe deinen Egoismus nicht auf Kosten deines Partners, sondern finde Kompromisse und sei großzügig. Die Partnerschaft ist eine ideale Chance, dies zu lernen.

Liebe ist immer mit Verantwortung verbunden. Sie gehört zum innersten Wesen der Liebe. Wer liebt, fühlt sich automatisch für den anderen verantwortlich. In der Eltern-Kind-Beziehung kommt das deutlich zum Ausdruck. Wenn eine Mutter ihr Kind ausschimpft, ist der tiefste Beweggrund dafür, es könnte kein ordentlicher Mensch werden. Sie fühlt sich dafür verantwortlich. Wenn ein Partner den anderen ausschimpft, ist der innerste Beweggrund meist der, dass er dem anderen mitteilen will: „Du verhältst dich nicht so, wie ich es wünsche. Du engst mich ein. Du tust mir weh“ – also aus einem eigennützigen Denken heraus.

Am Anfang der Partnerschaft ist das noch anders, da gibt es noch das Bemühen, dem anderen zu helfen und ihn zu unterstützen.

Gehen wir einmal davon aus, dass der andere sich nicht böswillig falsch verhält, sondern dass er einen Grund dafür hat. In einer Partnerschaft liegt es durchaus in unserer Verantwortung, ihm dabei zu helfen, sein falsches Verhalten abzulegen, anstatt ihn durch Vorwürfe und Streit in die Schranken zu weisen.

Verantwortung übernehmen für den anderen heißt auch, ihn wirklich verstehen zu wollen, seine innersten Beweggründe aufzuspüren und ihn dann konstruktiv zu kritisieren. Wenn dein Partner dich betrogen hat mit einem oder einer anderen, oder wenn er sich nur noch der Arbeit widmet und sich nicht mehr mit dir beschäftigt, so kann es nur wieder zu einer Annäherung kommen, wenn du versuchst, den Beweggrund deines Partners aus dem Herzen heraus zu verstehen. Erst dann kannst du verzeihen und bist ihm wieder wohl gesonnen. Aus dieser entspannten Lage heraus lässt er wieder mit sich reden und es kann zu einer Lösung des Konflikts kommen.

Verantwortung für deinen Partner übernehmen, Ja zu sagen zu ihm, scheint im Anfangsglück einfach zu sein. Die meisten Paare sind sich der Tragweite dieser Entscheidung gar nicht bewusst. Wie aber steht es um diese Paare in ein paar Jahren, wie erst, wenn ein Partner krank wird? Wenn sein eigenes Ego durchkommt? Wenn er alt wird? An diesen Punkten trennen sich Partnerschaften häufig oder treten ein in eine zermürbende Phase von Zank, Streit und Entfremdung. Was würdest du dazu sagen, würden Eltern ihre Kinder in schwierigen Situationen äußerlich oder innerlich verlassen? Übertrage diese Frage einmal auf deine Partnerschaft. Denn gerade im Unglück und in Zeiten der Not ist die Chance, sein eigenes Herz zu entdecken und dadurch eine tiefe Zufriedenheit zu erlangen, besonders groß.

Wenn du anfängst, für deinen Partner negative Gefühle zu entwickeln, weil er nicht mehr deinen Idealvorstellungen entspricht, hast du die Aufgabe, diese Gefühle genau anzuschauen. Bist du ent-täuscht von deinem Partner, so musst du die Ent-Täuschung als Ende der Täuschung ansehen und froh darüber sein, nun endlich mit der Wahrheit zu leben. Freue dich darüber, dass du deinen Partner kennen gelernt hast, und dadurch über dich selbst Klarheit erlangst. Das Ziel ist immer dort, wo der Fokus deines Denkens liegt. Dein Motto muss sein: „Was muss ich tun, damit es meiner Partnerschaft gut geht?" Das heißt nicht, egoistische Wünsche formulieren, sondern herausfinden, was der andere braucht und es ihm ermöglichen. Auch wenn der andere Fehler macht – es nützt nichts, wenn du dich über ihn beklagst. Er wird jedoch automatisch von dir lernen, wenn du es richtig machst, und daran fest hältst, ihn von Grund auf zu verstehen und in Verantwortung für ihn zu leben.

Kritik „üben"

> »*Konstruktive Kritik ist eine gute Möglichkeit, sich selbst kennen zu lernen.*«

Durch die Kritik deines Partners kannst du erkennen, wie du auf ihn wirkst. Sieh seine Kritik darum als ein Geschenk an, das dir die Möglichkeit gibt, das zu erkennen und zu integrieren, was dir zu deinem Ganz-Sein fehlt. Kritik ist ein unmittelbares Spiegelbild.

Du solltest jedoch bewusst erleben, wie die Kritik dich berührt und beobachten, welche Gefühle in dir entstehen. Diese Gefühle gehören zu dir, nur meistens versuchst du, sie ganz schnell wieder loszuwerden, weil sie dir unangenehm erscheinen. Sie sind es aber wert, beachtet zu werden. Setze dich eingehend mit ihnen auseinander.

Werden wir kritisiert, führt das häufig dazu, dass wir entweder gegen unseren Willen unser Verhalten ändern oder uns gegen die Kritik auflehnen. Aber weder das eine noch das andere erzeugt in dir Zufriedenheit. In dem einen Fall änderst du etwas, weil es andere oder dein Partner von dir erwarten, nicht aber du selbst. Das verursacht Groll. Im anderen Fall leistest du Widerstand und läufst gegen eine Wand. Also bist du gezwungen, einen anderen Weg zu finden. Dieser Weg beginnt wieder bei dir.

Es ist selbstverständlich, dass du wütend bist und Enttäuschung verspürst, wenn du kritisiert wirst. Du wirst sagen, dass der andere gemein zu dir sei, und dass du seine Kritik nicht verdient hast. Da es aber keine Zufälle gibt, und alles irgendwo einen Sinn hat, wird dir dein Gefühl bald sagen, was hinter deinem Verletzt-Sein steckt. Genau wie der Schmerz des Körpers uns sagt: Schau her, hier ist etwas faul. Schmerz ist immer ein Signal. In einer Meditation kannst du darum bitten, dass dein Höheres Selbst dir die Anwort darauf gibt, warum dich die Kritik so schmerzt.

Die nachfolgende Übung soll dir helfen, deine Gefühle genau wahrzunehmen, die durch Kritik entstanden sind. Dazu kritisierst du dich nun einmal selbst. Sage nicht, dass du das nicht kannst – du tust es täglich viele Male, auch wenn es dir nicht immer bewusst sein sollte.

Wenn du nun diese Gefühle wahrnimmst, musst du versuchen, sie anzunehmen. Sie gehören zu dir. Erst dann kannst du sie aufgeben, das geschieht ganz von allein. Hilfreich ist dir dabei deine innere Stimme, also dein Höheres Selbst, das du in einer Meditation darum bittest, dir mitzuteilen, wie du mit der Kritik und den daraus resultierenden Gefühlen umgehen sollst und was dir diese Gefühle zu sagen haben. Wenn du dir darüber im Klaren bist, was du fühlst und was du tun willst, kannst du dich mit der Kritik selbst konstruktiv auseinander setzen.

Übung

Nimm eine bequeme Haltung ein. Stelle dir vor, dass du dir selbst gegenüber sitzt und dich ansiehst wie vor einem Spiegel. Schau dich genau an, wie du dasitzt, wie du aussiehst, welchen Gesichtsausdruck du trägst.

Nun kritisiere im Stillen das Bild von dir selbst, so als würdest du zu jemand anderem sprechen. Sage dir selbst, was du tun und lassen sollst. Zähle alles auf einmal auf. Horch auf deine Stimme, wie klingt sie?

Wie fühlst du dich bei der Übung?

Nun tausche den Platz mit dem Bild und verteidige im Stillen die kritisierten Dinge. Wie klingt deine Stimme? Was antwortest du? Wie ist dir dabei zu Mute?

Tausche wieder den Platz und gehe weiter so vor. Beachte alle Einzelheiten. Beachte, wie du dich in der jeweiligen Rolle fühlst. Worin unterscheiden sich die Rollen? Wie empfindest du jeweils die des anderen, sag es ihm und achte auf seine Antwort.

Führe dieses Zwiegespräch so lange du magst und beobachte, ob sich irgendwelche Veränderungen ergeben.

Nachdem du den Dialog beendet hast, sitze noch eine Weile still und blicke zurück, ob dir noch etwas einfällt. Lass alles auf dich wirken, ohne es ändern zu wollen, nimm es einfach nur wahr.

Diese Übung kannst du immer wiederholen. Du lernst dich und deine Gefühle besser kennen und wirst mit der Zeit immer klarere Antworten bekommen.

Das gleiche Rollenspiel kannst du auch mit der Rolle deines Partners spielen. So wirst du Aufschluss darüber bekommen, was seine Kritik dir eigentlich sagt.

Ein Beispiel aus meiner Praxis zeigt, wie ein therapeutisches Gespräch zum Thema Kritik aussieht. Thomas kritisiert Bärbel, weil sie zu viel raucht. Sie würde die ganze Wohnung verqualmen. Obwohl er sie schon so oft gebeten hat, es nicht zu tun, kann sie das Rauchen einfach nicht lassen.

Bärbel: Ich fühle mich klein gemacht und hilflos, weil ich ja gerne weniger rauchen würde, aber es einfach nicht schaffe. Ich fühle mich wie ein Versager.

Therapeutin: Woher kennst du das Gefühl, hilflos und ein Versager zu sein?

Bärbel: Mein Vater hat mir schon immer vorgeworfen, ich würde nichts auf die Reihe bekommen.

Therapeutin: Und damals hast du dich als Versagerin gefühlt?

Bärbel: Ja.

Therapeutin: Wie fühlt man sich als Versagerin, schildere mir mal das Gefühl.

Bärbel: Es ist beschissen. Ich will es nicht mehr spüren.

Therapeutin: Du willst, dass das Gefühl verschwindet? Bedeutet das, wenn du das Gefühl nicht mehr hättest, wärst du auch keine Versagerin? Willst du das?

Bärbel: Ja.

Therapeutin: Das würde bedeuten, du würdest dann auch nicht mehr rauchen.

Bärbel: Kann sein – ja, so ist es. Aber ich will noch rauchen.

Therapeutin: So, du willst also rauchen. Dann bist du doch keine Versagerin. Du tust einfach nur, was du willst.

Bärbel: Stimmt.

Therapeutin: Wiederholen wir noch einmal die Kritik. Thomas wirft dir vor, dass du nicht aufhörst zu rauchen und die ganze Wohnung verqualmst. Wie fühlt es sich jetzt an?

Bärbel: Ich fühle mich nicht mehr so klein.

Therapeutin: Wie würdest du nun auf die Kritik antworten?

Bärbel: Sachlicher, nicht so gefühlsbezogen. Ich bin nicht mehr so tief gekränkt. Ich sehe, dass es meine Entscheidung ist, zu rauchen.

Bärbel konnte erkennen, dass nicht ihr Partner sie mit seiner Kritik erniedrigen konnte, sondern sie sich selbst auf Grund anderer Erfahrungen zum Versager stempelte, und sie darum so schmerzlich auf Kritik reagierte. Für die weitere Zukunft kann sie nun die Kritik konstruktiv nutzen. Sie kann sich neu entscheiden, ob sie rauchen will oder nicht.

Du kannst durch unsere Übung sehen, woher deine Gefühle wirklich kommen und erhältst so Aufschluss über dich. Kritik kann dich zur inneren Befreiung führen.

Du kannst aber auch durch Kritik, die du selbst ausübst, eine Menge über deine Gefühle und dein Inneres erfahren. Wichtig ist vor allem, die Gefühle anzuschauen und zu beleuchten, sie richtig wahrzunehmen und nicht zu verdrängen.

Schattenseiten erkennen

» *Das Beleuchten deiner Schattenanteile wird das Licht deiner Zukunft.* «

Selbstliebe ist die wichtigste Voraussetzung für die Liebe zu anderen. Bist du nun in einen Konflikt mit deinem Partner geraten, oder lehnst du deinen Partner in einer bestimmten Situation innerlich ab, lehnst du damit in dir selbst eine Eigenschaft ab, die sich durch den anderen offenbart. Wenn du das erkennst, musst du lernen, diese innere Eigenschaft in dir zu integrieren und zu akzeptieren, indem du das Gefühl, das damit verbunden ist, zulässt und betrachtest, ohne es zu werten. Du lernst so, Eigenschaften an dir selbst zu lieben, die du vorher nicht wahrhaben und sehen wolltest.

Schatten sind all die Anteile, die man an sich selbst nicht mag und sich nicht eingestehen möchte, wie Hass, Neid, Scheinheiligkeit, Habgier, Verachtung und so weiter. Jeder hat sie in sich, man kann sie erkennen, wenn man auf andere projiziert und sagt: Du bist so streitsüchtig; du bist so habgierig; du bist arrogant; usw. Durch das „Du bist" sagt man gleichzeitig von sich selbst: „Ich bin nicht so". Aber immer, wenn man sagt: „So wie du bist, bin ich nicht", kann man davon ausgehen, dass man genau diesen Anteil, den man von sich wegweisen will, ebenso in sich trägt, dies jedoch nicht wahr haben will, sondern verdrängt.

Schattenanteile werden gern ins Unbewusste verbannt. Das Unbewusste strebt jedoch immer wieder ans Licht, um die Ganzheit der Persönlichkeit zu wahren. Durch das Verlagern von Eigenschaften in eine andere Person macht das Unbewusste auf sich aufmerksam und „sagt nur die Wahrheit".

Bewerte dich nicht, mach dich nicht klein, sondern schau dir die Situation nur an. Genieße deinen Schattenanteil, das, was du meinst nicht zu sein. Versuche nicht, ihn sofort zu verändern. Lebe ihn ganz bewusst. Spüre ihn. Er war mal dein Schutz zum Überleben. Wie ist er entstanden? Wenn du ihn los werden möchtest, bevor du ihn ausgelebt hast, wird er stärker werden. Gehe liebevoll mit ihm um.

So lernst du auch, deinen Partner wieder ein Stück weit mehr zu lieben, denn er spiegelt nur deinen Schatten. In der Verliebtheit warst du nur geblendet. Du kannst deinen Partner als Spiegel nutzen und brauchst ihm keine Schuld zuzuweisen. Bedenke: Ein Streit erfordert immer zwei! Durch diese Einsicht lernst du, auf dich selbst zu schauen und dich zu befragen, wo deine wirklichen Schwierigkeiten liegen. Du bist derjenige, den du verändern kannst.

Durch die Integration deiner Schattenanteile in deine Persönlichkeit wirst du lernen, dich ganz und gar zu lieben, so wie du bist. Erst aus dieser Selbstliebe heraus kannst du deinen Partner von ganzem Herzen verstehen und lieben.

Denke einmal über die folgenden Fragen nach. Sie können dir helfen, die Eigenschaften zu finden, die du in dir nicht annimmst:

- Was liebst du an deinem Partner ganz besonders?
- Warum liebst du gerade das?
- Was wünschst du dir von deinem Partner?
- Was magst du an deinem Partner nicht? Warum nicht?
- Möchtest du gerne mit dir selbst befreundet sein?

Wenn du einiges über dich herausgefunden hast, notiere es. Schreibe alles auf, was dich am anderen aufregt, was du ablehnst, was du schlecht beurteilst. Danach kannst du die folgende Integrationsübung machen.

Übung: Integrieren des Schattens

(Du kannst diese Übung vorher auf ein Band sprechen oder sie dir vorlesen lassen):

Nimm dir etwas vor, was dir an deinem Partner oder an dir selbst nicht gefällt, was du an ihm ablehnst oder schlecht beurteilst. Du darfst davon ausgehen, dass dies ein Schattenanteil von dir ist, den es zu integrieren gilt, auch wenn du das jetzt noch nicht so sehen kannst.

Stell dir nun eine schöne bunte Wiese vor, auf der du stehst – diese Wiese stellt dein Bewusstsein dar. Du schaust dich ein wenig um und siehst den blauen Himmel und die Sonne über dir, riechst den Duft der Blumen und hörst die Vögel zwitschern. Nun stell dir vor, dass aus deinem Herzen ein warmer Lichtkanal strahlt, der wie eine Brücke zu der Eigenschaft führt, die du integrieren möchtest. Dieser Lichtbrücke folgst du. Nach einiger Zeit siehst du eine Mauer, die deine Wiese umschließt. An einigen Stellen gibt es große Tore, jedes hat ein Fenster. Auf der anderen Seite der Mauer ist dein Schatten mit seinen ganzen Inhalten. Du kannst sehen, dass auch deine Lichtbrücke zu einem Tor führt und durch das Fenster hindurch strahlt.

Gehe nun auf das Tor zu und schaue durch das Fenster. Zuerst kannst du nur sehr wenig erkennen, weil es dunkel ist. Aber nach einiger Zeit ermöglicht dir der Schimmer deiner Lichtbrücke, einen Weg zu erkennen.

Nun öffnest du das Tor und folgst weiter deiner Lichtbrücke. Du kannst noch nicht viel erkennen, weil es dunkel ist, aber du verfolgst weiter dein Ziel, jene Eigenschaft in deinem Schatten zu finden, die du integrieren willst.

Nach einiger Zeit begegnest du dieser Eigenschaft. Sie kann in ganz unterschiedlicher Gestalt auf dich zukommen: als ein anderer Mensch, als ein Tier, als Symbol oder irgendwie anders verborgen. Du bist auf jeden Fall durch die Lichtbrücke mit ihr verbunden, und du fühlst dich wohl dabei. Du weißt, wenn du sie in dein Bewusstsein integrierst, wirst du ein bisschen glücklicher werden. Sie hat schon so lange auf dich gewartet, nun endlich umarmst du sie. Dabei kannst du bemerken, wie die Eigenschaft heller und strahlender wird. Bitte nun auch dein Höheres Selbst darum, dass du sie als Teil deiner selbst anerkennen, akzeptieren und integrieren kannst.

Umarme sie so lange, bis sie ganz hell und strahlend wird, und schließlich vom Licht der Sonne über deiner Wiese angezogen und aufgesogen wird.

Nun geh den Weg zurück durch das Tor hindurch. Du stehst wieder auf deiner Wiese und genießt das Gefühl von Weite und Freiheit. Vielleicht kannst du nun auch feststellen, dass deine Wiese ein ganzes Stück größer geworden ist.

Nachdem du noch einige Augenblicke zufrieden alles genossen hast, kehre nun ins Hier und Jetzt zurück.

Alle deine Schattenanteile, die du bei dir entdeckst, kannst du nach diesem Muster integrieren. Es kann sein, dass du die Übung mehrmals wiederholen musst. Solange du noch starke Ablehnung gewisser Eigenschaften bei anderen verspürst, die du an dir selbst zu integrieren versuchst, oder andere sehr um eine Fähigkeit beneidest, solltest du die Übung beibehalten.

Das Denken in Zaum halten

> »*Die Grundlage jeder Realität ist der Gedanke, darum achte genau darauf, was du denkst.*«

Denken bestimmt unser Handeln, bzw. unser Handeln setzt unser Denken voraus. Das, was ich denke, wird Realität. Wenn sich das Denken nur mit einem Problem beschäftigt, kann das Problem nur größer aber nicht kleiner werden. Beschäftigt es sich jedoch mit dem Ziel, der Lösung, wird automatisch diese eintreten und die negativen Gefühle werden sich verwandeln, denn positives Innenleben erzeugt positive Gefühle. Das Ziel zu sehen macht Mut, gibt Hoffnung und Freude. Du kannst aus dem negativen Kreislauf aussteigen und wirst sehen, wie das positive neue Denken dich verwandelt. Es stärkt dein Selbstwertgefühl, wenn du weißt, du bist der Steuermann deines Bootes. Positives Denken hat enorme Kraft. Siehst du in deinem Partner mehr die positiven Seiten, so wirst du nach einiger Zeit bemerken, dass sich in eurer Beziehung zueinander etwas zum Positiven verändert. Du wirst vielleicht sagen, du hast das schon einmal probiert, aber es hat nichts geholfen. Aber hast du wirklich mit innerer Führung positiv gedacht, bist deinem Partner wirklich von ganzem Herzen positiv begegnet? Oder ist da noch ein „ja aber“? Dann musst du noch an dieser Blockade arbeiten, die die positive Richtung verhindert.

Tanjas Mann Torsten hat eine Freundin. Tanja hat viel davon gehört, dass es helfen soll, wenn sie einmal positiv denkt, dass Torsten schon wieder zu ihr zurückkehrt und nicht bei seiner Freundin bleibt. Torsten denkt aber nicht daran, zurückzukommen. Ganz verzweifelt kommt Tanja in meine

Praxis. Wir arbeiten in der Tiefe an ihrer Problematik und schauen unter anderem auch einmal an, wie sich ihr „positives Denken" gestaltet. Bei genauem Hinsehen stellt sich heraus, dass sie bedingt durch Gefühlte wie Wut, Ärger, Schmerz, Kränkung, die ja ganz natürlich sind in so einer Situation, ihre Gedanken gar nicht wirklich positiv gestalten konnte. Tanja war viel zu sehr in ihrem Leid gefangen. Wir mussten erst all diese Gefühle aufarbeiten, um frei zu sein für positive Suggestionen und Bilder bezüglich ihrer Partnerschaft.

Um bei einem Schicksalsschlag wie diesem positiv zu denken ist es wichtig, alle Blockaden aufzuheben. Das ist möglich, wenn wir uns diese genau anschauen, was oft nicht allein gelingt, sondern professioneller Hilfe bedarf. Ein weiterer Punkt ist, dass positives Denken nur dann Wirkung zeigt, wenn es um die eigene Person geht. Ist ein anderer Mensch beteiligt – in diesem Falle Torsten – der zu irgendetwas gebracht werden soll, so führt das positive Denken nicht zu dem erwünschten Resultat. Denn jeder Mensch hat seine eigenen Gedanken. Tanja hätte besser schon vor der Eskalation und Trennung mit dem positiven Denken anfangen sollen. Es stellte sich nämlich heraus, dass Tanja schon immer sehr eifersüchtig war. Wenn Torsten später nach Hause kam, unterstellte sie ihm über längere Zeit hin, er sei bestimmt mit einer anderen Frau zusammen gewesen. Das machte Torsten wahnsinnig, und er setzte schließlich die Unterstellungen von Tanja in die Tat um nach dem Motto: „Was du säst, wirst du ernten." Mit anderen Worten: Wir ziehen quasi das Schicksal an, an das wir am meisten denken, woran wir am stärksten glauben und was wir uns am lebhaftesten vorstellen. Hätte Tanja schon eher ihr Denken positiv gestalten können, indem sie immer wieder geübt hätte, sich vorzustellen, wie Torsten nach Hause kommt, sie in den Arm nimmt, sie um Verzeihung bittet für seine Verspätung und sie den restlichen Abend in Harmonie gemeinsam verbringen – wäre diese Partnerkrise gar nicht erst entstanden. Stattdessen war ihr Kopf voll mit

Gedanken, dass Torsten in den Armen einer anderen liegt. Tanja hat sich mit dem Gedanken, betrogen zu werden, so sehr beschäftigt, dass dieser sich verselbstständigt hat und Torsten in die Arme einer anderen getrieben hat.

Trotzdem kann Tanja jedoch auch nach diesem Schicksalsschlag ihre Gedanken positiv lenken, und das sieht so aus:

Sich vorzustellen, wie Torsten wieder zu ihr zurückkommt, wäre überflüssig, weil das nicht ihre Person betrifft – dazu gehören zwei. Sie kann aber darüber nachdenken, wie sie für sich den Partner findet, mit dem sie in Glück und Harmonie lebt, dem sie verständnisvoll begegnet, und der sich bei ihr wohl fühlt. Diese Vorstellungen kann sie wie einen Film mit allen dazugehörigen Gefühlen vor ihrem inneren Auge abspielen lassen.

Regeln für positives Denken (Zielbestimmung):

1. Die Zielbestimmung muss im eigenen Kompetenzbereich liegen. Du kannst also nicht durch deine Vorstellung das Verhalten oder Handeln eines anderen ändern, sondern nur dein eigenes.
2. Die Zielbestimmung muss im Rahmen des Machbaren liegen. Du kannst nicht Präsident der Vereinigten Staaten werden, dazu müsstest du erst die Staatsbürgerschaft der USA erwerben.
3. Die Zielbestimmung darf keine Negationen und Vergleiche enthalten. Wenn du dir zum Beispiel wünschst, dass dein Partner nicht mehr fremdgeht, ist „Fremdgehen" die Zielbestimmung deiner Gedanken – denn die Negation ist wirkungslos. Diese Zielbestimmung führt also genau zum Gegenteil dessen, was du dir wünschst. Darum formulierst du richtig: „Ich wünsche mir, dass mein Partner mir treu ist." Dieselbe den Erfolg sabotierende Wirkung haben Vergleiche. Formulierungen wie:

„Ich möchte glücklicher werden!". In diesem Falle wird automatisch die Fortsetzung gebildet: „... glücklicher als jetzt oder als andere." In deinem Denken befasst du dich gleichzeitig mit dem weniger glücklichen Zustand, in dem du oder andere zurzeit noch leben. Du denkst indirekt auch ans Unglück. Das mindert die Kraft deines positiven Denkens.

4. Die Zielbestimmung muss immer konkret auf die jeweiligen Sinne bezogen sein. Das bedeutet, dass du dir dein Ziel mit allen Sinnen genau vorstellen kannst. Du musst dir genau vorstellen und innerlich hinschauen, was du wahrnimmst, wenn du dein Ziel erreicht hast: Deine Gefühle, Bilder, Geräusche, Gerüche und Geschmacksausprägungen. Du musst spielend leicht „so tun können, als ob" du dein Ziel schon erreicht hättest.

Wichtig ist, dass du alle diese Wahrnehmungen in dir selbst und aus dir heraus wahrnimmst. Das sieht so aus.

Übung

Du stellst dir zunächst dein Ziel wie einen Film auf der Leinwand vor. Du sitzt im Zuschauerraum, bis du dein Ziel mit allen Sinnen auf der Leinwand erlebst. Du hörst, fühlst, riechst und schmeckst es vielleicht sogar und stehst schließlich im Geiste auf, gehst vor zur Leinwand und steigst in diesen Film hinein. Du gehst mitten in dein Ziel hinein, bist damit assoziiert und erlebst dein Ziel- oder Filmgeschehen ganz aus dir persönlich heraus. Durch diese Assoziation hast du die beste Voraussetzung geschaffen, damit sich dein Ziel, dein Wunsch so schnell wie möglich verwirklichen kann.

Denn Gedanken schaffen Realitäten, weil dein Gehirn nicht unterscheiden kann, was gedacht und was Realität ist. Darum ist es wichtig, dass du dein Denken im Zaum hältst.

Lerne Grenzen zu setzen

> *Grenzen zu setzen und deutlich zu sagen,*
> *was dein Herz verlangt – dazu gehört*
> *innere Wachheit und viel Mut.*
> *Opfer sagen oft ja und meinen nein.*

Die guten Seiten deines Partners zu sehen, das Positive herauszuholen und für dich positiv zu gestalten, bedeutet nicht, dir auf der Nase herum tanzen zu lassen. Du musst vielmehr dein Ziel – was du willst und was du nicht willst – deutlich vor dir sehen und deutlich äußern, damit dein Partner erkennen kann, dass es da etwas gibt, was dir ganz besonders wichtig ist. Denn nur das zählt, nicht die Veränderung des anderen.

Setzt du diese Grenzen nicht, bedeutet das, du nimmst dich selbst nicht ernst – wie kann dich dann ein anderer ernst nehmen? Leider ist das Setzen dieser Grenzen oft nicht so einfach. Auch hier muss man erst wieder ein Stück über sich selbst in Erfahrung gebracht haben.

Klaus erwartet von Inga, dass sie mit ihm in eine gemischte Sauna geht. Sie mag ihm nicht sagen, dass sie sich dabei unwohl fühlt. Sie traut sich nicht, es ihm zu sagen, weil sie Angst hat, er würde sie deswegen ablehnen. Sie hat Angst, er würde ihr davonlaufen, sie nicht mehr lieben. Sie zwingt sich, mit ihm zu gehen, und ist damit schon Tage vorher belastet. Dies führt nicht nur dazu, dass Inga nicht zu ihrem Recht kommt, sondern insgeheim macht sie Klaus verantwortlich, dass er ihr diese schlechten Gefühle verursacht. Sie bekommt sogar Krankheitssymptome, der Konflikt wirkt sich seelisch und emotional aus.

Wenn Inga keine Grenzen setzt, sondern alles erduldet, ist das keine Selbstlosigkeit, sondern ihr Egoismus. Aus Angst vor Zurückweisung teilt sie dem Partner nicht mit, wie es ihr geht und womit er zu rechnen hat. Keine Grenzen zu setzen, ist auch ein Stück weit Feigheit, aus der Angst heraus, nicht angenommen zu sein.

Wenn man keine Grenzen setzt, fühlt man sich leicht als Opfer. Opfer wollen anderen gefallen, um dadurch Anerkennung zu bekommen. Dann ärgern sie sich über den anderen, der sie dazu gebracht hat, das Opfer zu bringen. Dabei sind sie es selbst, die sich zum Opfer machen, weil sie nicht Nein sagen. Deine Verantwortung ist es, ja oder nein zu sagen.

Inga hat unbewusst Schuldgefühle, weil sie Klaus durch ihr Schweigen betrügt. Vor allem aber betrügt sie sich selbst, nämlich um die Gelegenheit, etwas über sich zu lernen, weil sie die Erfahrung, wie es ist, wenn sie ihrem Partner die Wahrheit sagen würde, nicht kennt. Sie nimmt sich selbst die Chance zu sehen, wie es ist, wenn sie sie selbst ist und als solche gemocht wird. Wird sie nur gemocht, wenn sie schweigt?

Inga muss Grenzen setzen, um sich selbst besser kennen zu lernen, und weil Klaus dann ehrlich auf sie reagieren kann. Er bekommt ihr Selbst zu sehen, statt nur ihre Maske, und kann es ihr durch seine Reaktion spiegeln. So können sich beide weiterentwickeln. Aber Achtung: Grenzen nicht mit Frechheit und Kälte setzen, sondern mit Achtung und Liebe.

Wichtig ist auch, dass du auf deine Gefühle schaust, die entstehen, wenn du Grenzen setzt, um dich dann mit ihnen auseinander setzen zu können. Du wirst lernen, sie als zu dir gehörig anzunehmen. Das ist wichtig, um dich selbst lieben zu können.

Dabei hilft dir die folgende Übung.

Übung 1

Stelle dir zunächst die Frage: Was befürchte ich, wie mein Partner reagieren könnte, wenn ich Nein sage? Bedenke dabei: deine Befürchtungen sind zunächst nur deine Gedanken, sie sind noch nicht die Realität.

Wenn deine Befürchtungen negativ sind, frage dich, warum du dies annimmst. Vielleicht gründen sie in Erfahrungen aus der Vergangenheit? Werde dir dessen bewusst. Du lebst heute in der Gegenwart, und nur die zählt.

Nun denke einmal an eine Situation, in der du schon einmal erfolgreich deinen Wünschen, Vorstellungen oder Meinungen gerecht werden konntest, indem du sie mit einem klaren „Nein" gegenüber abweichenden Vorstellungen vertreten hast. Gehe in eine leichte Trance und schaue dir diese Situation an wie einen Film auf der Leinwand. Beobachte dich selbst: Welche Haltung hast du dabei eingenommen, mit welchem Tonfall hast du gesprochen? Achte auf die Gefühle, die du hattest, als du dein Nein präsentiert hast. Schau dir auch deinen Gesichtsausdruck an und achte auf deine Bewegungen. Schau, wie farbenreich dieses Bild erscheint, wie klar es ist, was du hörst. Wenn dein positives Gefühl bei einem Bild am intensivsten ist, drückst du Zeigefinger und Daumen jeweils an ihren Kuppen kurz und fest zusammen. Dann löst du sie wieder und öffnest die Augen. Wiederhole dies fünfmal.

Anschließend gehst du wieder in eine Trance, indem du die Augen schließt, ein paar Mal tief atmest und dir wieder eine Leinwand vorstellst. Diesmal siehst du den Film von der Situation, in der du demnächst „Nein" sagen, also eine Grenze setzen möchtest. Nimm Haltung, Tonfall und Gesichtsausdruck des vorangegangenen Films an und stelle Farben, Kontrast und Ton ein wie im ersten Beispiel. Drücke wieder Daumen- und Zeigefingerkuppen aneinander. Du überträgst nun dein positives Gefühl auf die zukünftige Situation. Auch dies wiederhole fünfmal.

Mit dieser Übung schaffst du dir die Stärke, etwas zu erreichen, von dem du bisher dachtest, dass du es nicht könntest oder wovor du Angst hattest.

Übung 2

Stelle zwei Stühle in den Raum für ein Rollenspiel.

Setze dich abwechselnd jeweils auf den Stuhl derjenigen Person, deren Rolle du gerade spielst. Einmal bist du du selbst – diejenige, die lernen möchte, Grenzen zu setzen – und du teilst deinem imaginären Partner auf dem Stuhl gegenüber deinen Entschluss mit. Dann setzt du dich auf den Stuhl des imaginären Partners und antwortest nun in seiner Rolle. Du kannst dieses Wechselspiel fortsetzen, bis ihr zu einer Lösung gekommen seid, auch wenn es vielleicht nur eine vorübergehende ist.

Mit dieser Übung kannst du auch, weil du ja in die Rolle deines Partners schlüpfst, Beweggründe und das Gefühlsleben deines Partners kennen lernen und ihm so ein Stück näher kommen. So kann sich euer gegenseitiges Verstehen entwickeln, dein Verständnis für ihn, aber auch für dich. Denn durch deinen imaginären Partner wird dir eine Menge über dich selbst mitgeteilt, was du durch die Spielsituation leichter annehmen kannst als in der Realität durch deinen Partner.

Wahrheit ist Klarheit

» *Dauerhaft unwahr zu sein erzeugt tiefen Groll.* «

Als Katrin und Hans sich kennen lernten, ging Katrin ihm zuliebe mit auf den Fußballplatz, weil sie wusste, dass Hans ein absoluter Fußballfan war. Um ihm zu gefallen und um ihm ihre Liebe zu zeigen, hatte sie das anfangs auch gern getan, auch wenn sie manchmal dachte: „Würde er doch auch mal meine Interessen mit mir teilen." Katrin gab jedoch die Hoffnung nicht auf und glaubte fest daran, dass Hans eines Tages merken würde, dass er auch mal etwas für sie tun könnte. Es passierte jedoch nichts, und Katrins Ärger wurde immer stärker. Immer öfter dachte sie, dass sie doch so viel für ihn tat, und er endlich mal merken könnte, dass auch sie ihre Bedürfnisse hatte.

Hans jedoch ahnte gar nicht, dass Katrin nur ihm zuliebe zum Fußballplatz ging. So gingen beide von falschen Vorstellungen aus.

Eines Tages kam es zum großen Streit. Hans war erstaunt und beide waren schließlich sehr enttäuscht.

Hätte Katrin am Anfang ihrer Beziehung den Mut aufgebracht, Hans mitzuteilen, dass sie es zwar hin und wieder ganz interessant fände, mit auf den Fußballplatz zu gehen, zum Ausgleich aber erwarten würde, dass Hans auch ihr Hobby teilen würde, hätte Klarheit geherrscht und beide hätten vielleicht bald ohne Groll festgestellt, dass sie doch nicht so gut zusammenpassten.

Leider wird am Anfang einer Beziehung viel zu oft die Wahrheit nicht deutlich genug zum Ausdruck gebracht, da in dieser Phase das Werbungsverhalten vorherrscht. Man will sich nicht gleich streiten, sich nicht wieder verlieren, und schluckt seine Enttäuschung lieber mal hinunter. Man kann davon ausgehen, dass jedem Gefühl von Groll eine versteckte Erwartungshaltung zu Grunde liegt, die mit dem anderen nicht übereinstimmt. Meist hat man versäumt, klar und wahr seine Vorstellungen über bestimmte Abläufe zu äußern.

Also gibt es jetzt wieder einmal eine Chance, etwas für dich zu tun! Immer wenn du feststellst, dass Ärger oder Groll in dir sind,

- mache dir zunächst bewusst, was genau dich verärgert hat.
- Frage dich dann, wo dein Beitrag an diesem Ärgernis liegt. Was hättest du anders machen können?
- Frage dich, warum du nicht für dein Wohlbefinden eingetreten bist.
- Musst du erkennen, dass du nicht klar und deutlich deine Wünsche geäußert hast? Dann finde heraus, was du befürchtet hast, wenn du die Wahrheit gesagt hättest. Vielleicht hattest du Angst, deinen Partner zu verlieren?

Auf jeden Fall erfährst du auf diese Weise wieder eine Menge über dich selbst, kannst ein Stück mehr Verantwortung übernehmen und selbst handeln. Denn du weißt nun, dass es nicht dein Partner ist, der deinen Groll und Ärger verursacht hat, sondern du selbst durch deine falsche Erwartungshaltung.

Umgekehrt kannst du schauen, wenn du einen Groll verspürst und nicht weißt, woher er kommt, ob dein Partner dir gegenüber vielleicht unwahr war.

Als Stephanie zum ersten Mal in meine Sprechstunde kam, hatte ihr Mann Lutz wieder mal eine Freundin. Sie hatte ihm gegenüber ihren Ärger darüber schon zum Ausdruck gebracht, es änderte jedoch nichts. Sie war drauf und dran zu sagen: „Das mache ich so nicht mehr mit, entweder du bleibst bei mir und gibst die andere auf, oder ich gehe." Lange kämpfte sie mit ihrem Entschluss und kam zu keinem Resultat. Ihr Groll wurde immer größer, und sie gab Lutz auch dafür die Schuld, dass er sie in so eine schreckliche Gefühlslage brachte.

Hier musste ich eingreifen. Ich machte ihr klar, dass sie sich selbst befragen musste, was die Wahrheit war. Warum verließ sie Lutz nicht einfach? Was hinderte sie daran, einen klaren Schlussstrich zu ziehen?

Auch in diesem Fall führte die Krise dazu, dass Stephanie viel über sich selbst erfuhr. Sie fand heraus, dass sie große Angst vor dem Alleinsein hatte – vor dem, was nach der Trennung kam. Wir mussten zunächst einmal an diesem Problem arbeiten. Zu Grunde lag ihr mangelndes Selbstwertgefühl. Unsere Gespräche und viele Übungen, die auch in diesem Buch beschrieben sind, halfen Stephanie, ihr Selbstwertgefühl zu verbessern, so daß sie befreit von ihrem Groll und ihren Ängsten ihrem Partner eine klare Antwort auf seine Seitensprünge geben konnte.

Wahr sein wiederum heißt aber nicht, dem anderen die Wahrheit ins Gesicht zu schleudern, sondern sie mit Liebe auszudrücken. Wer weise ist, verschweigt, was sein Partner nicht verkraften kann – aber aus Liebe für den anderen und weder zum eigenen Vorteil noch zum eigenen Nachteil.

Wenn du deinem Partner die Wahrheit sagen möchtest, weil dies Klarheit in deine Beziehung bringt, dann lasse ihn langsam und mit Wohlwollen in die Wahrheit hineinwachsen.

Kommunikation ist nicht nur Sprache

» *Kommunikation ist die Gestalt der Seele durch Sprache, Stimme, Gesicht und Körper.* «

Es ist immer wieder beeindruckend, wie schwierig doch die Verständigung zwischen Mann und Frau sein kann. Gerade in der Partnerschaft kommt das stark zum Ausdruck, denn Männer drücken sich anders aus als Frauen. Sie denken und kommunizieren anders. Dadurch kann es zu großen Missverständnissen und tiefen Verletzungen kommen.

Weil Männer und Frauen unterschiedlich erzogen werden und mit jeweils anderen Wertungen und Richtlinien konfrontiert werden, können sie sich gar nicht richtig verstehen. Er spricht die leistungs- und erfolgsorientierte, sie die emotions- und beziehungszentrierte Sprache, also Kopfsprache gegen Bauchsprache.

Dieter und Susanne fahren gemeinsam eine längere Strecke auf der Autobahn. Dieter sitzt am Steuer. Susanne möchte bald ein Rast einlegen, sagt das aber nicht so deutlich, sondern formuliert es so:

Susanne: Ist dir die Fahrt nicht zu lang, willst du nicht mal eine Pause einlegen?

Dieter: Nö, brauche ich noch nicht.

Susanne: Du könntest dir aber ruhig mal die Beine vertreten.

Dieter: Nö, mir geht es ganz gut.

Ein paar Minuten später fahren sie an einer Raststätte vorbei.

Susanne: Da war eben eine Raststätte, da hättest du einen Kaffee trinken können.

Dieter: Ich will noch gar keinen Kaffee.

Susanne: (ärgerlich) Immer willst du die ganze Strecke durchfahren. Das kann doch nicht gut gehen! Andere machen auch immer mal wieder eine Rast. Nur du fährst immer durch.

Dieter: Was andere machen ist mir ganz egal. Ich brauche nun mal keine Rast.

Susanne: Jedesmal, wenn wir in den Urlaub fahren, musst du im Auto so aufbrausen.

Dieter: Ich brause nicht auf, ich habe nur gesagt, dass ich keine Rast brauche.

Susanne: Du denkst auch nie mal an mich, du machst immer nur, was du willst.

Dieter: Was soll denn jetzt wieder diese Verallgemeinerung?

Susanne: Du denkst, wenn du keine Rast brauchst, brauche ich auch keine.

Dieter: Du hast ja gar nichts davon gesagt, dass du eine Rast brauchst.

Susanne: Wenn du auch mal an mich denken würdest, wärst du von allein drauf gekommen.

Und so weiter und so fort.

So entstehen die typischen Missverständnisse zwischen Mann und Frau. Beide können sich nicht verstehen, weil Susanne gewohnt ist, ihre Interessen in den Hintergrund zu stellen und lieber versucht, herauszubekommen, was ihr Partner gerne möchte. Wenn er etwas anderes möchte als sie, ist sie enttäuscht. Er wiederum kann ihre energetische Botschaft („Ich möchte eine Rast“) nicht wahrnehmen und versteht überhaupt nicht, dass sie sich verletzt fühlt.

Was durch Sprache zum Ausdruck gebracht wird, liegt im energetischen Bereich. Hier sind deine Gefühle beteiligt. Sprache und Kommunikation sind darum ein Ausdruck der Seele. Eine konstruktive Kommunikation bedeutet, dass du dich so ausdrücken kannst, dass dein Partner dich versteht und sich verstanden fühlt. Sie bringt zum Ausdruck, dass du ihm mit Liebe, Achtung und Wärme begegnest.

Du kannst viel über dich erfahren, wenn die Kommunikation mit deinem Partner stimmt. Darum sei auch bemüht, den anderen nicht von vornherein in seiner Kommunikation mit dir abzuschneiden durch Du-Botschaften, Doppelbotschaften oder offene Aggressivität. Achte bei deinem Partner auf den Ton, sein Gesicht, die Körperhaltung, und lasse seine Worte in dir nachklingen. So erhältst du die Informationen, die wichtiger sind als die Sprache. Du kannst den Partner besser verstehen und – noch wichtiger: Du verstehst dich selbst besser.

Dazu musst du aber einige Dinge beachten.

1. Bleibe bei dir selbst, überlege genau, was du willst und bringe es bestimmt mit Ton, Mimik und Gestik zum Ausdruck. Das verleiht dir Selbstsicherheit und du lernst, dich abzugrenzen oder erfährst zumindest, was dir so schwer daran fällt.

2. Sei nicht enttäuscht, wenn dein Partner nicht zustimmt, oder jetzt noch nicht zustimmt. Menschen haben unterschiedliche Interessen und Vorstellungen.

3. Nimm dich erst einmal zurück und warte auf eine günstigere Gelegenheit. Dabei kannst du vielleicht erkennen, dass es oft deine Ungeduld ist, die eine Meinungsverschiedenheit eskalieren lässt. Das gibt dir auch Gelegenheit, die Sache noch einmal aus der Sicht des anderen zu betrachten. Hüte dich, deinem Partner gleich einen bösen Willen zu unterstellen, wenn er anderer Meinung ist als du.

4. Versuche, ihm durch Ich-Botschaften näher zu bringen, warum dir an deinem Vorschlag so viel liegt. Das macht deine Interessen für deinen Partner verständlich, dein Partner lernt dich und deine Gefühle besser kennen. Du lernst dabei, deine Gefühle genauer wahrzunehmen und darüber zu sprechen.

5. Vergiss nicht, deinem Partner und seinen Entgegnungen genau zuzuhören. Das klingt sehr einfach, ist es aber nicht so ganz. Nur wenn du ihm zuhörst, lernst du, ihn zu verstehen.

Wollen wir unser Beispiel einmal mit diesen neuen Erkenntnissen betrachten:

Susanne: Ich möchte gerne eine Rast machen und eine Tasse Kaffee trinken.

Dieter: Ich brauche eigentlich noch keine Pause. Hat das nicht noch ein wenig Zeit?

Susanne: Tut mir Leid, aber ich fühle mich sehr müde und meine Beine tun mir weh. Ich möchte sie mir ein wenig vertreten. Ich wäre froh, wenn du Verständnis dafür hättest.

Dieter: Gut, wir fahren an der nächsten Raststätte raus. Dann kann ich eigentlich auch gleich tanken.

Um effektiv miteinander kommunizieren zu können, ist es nicht nur notwendig, die gleiche Sprache zu sprechen. Der ganze Körperausdruck, der Ausdruck der Gefühle in Form von Ich-Botschaften und das aktive Zuhören müssen dazukommen, damit man sich wirklich versteht.

Kongruenz-Übung

Wie man zum Ausdruck bringt, was man will und was man braucht:

Mach dir zunächst einmal den Unterschied klar zwischen „ich brauche", „ich will", „ich hätte gern" oder „ich möchte". Formuliere abwechselnd Sätze mit „ich brauche" oder „ich will" und „ich hätte gern" oder „ich möchte". Lass diese Sätze auf dich wirken, achte dabei auf deine Empfindungen und schreibe sie auf. Sie werden sehr unterschiedlich sein.

Dann setze dir ein Ziel, formuliere eine Anforderung, die du an eine andere Person stellst und sprich wieder laut Sätze dazu, die mit „ich brauche“, „ich will“ oder mit „ich hätte gern“, ich möchte“ gebildet werden. Achte auf deinen Körper-und Gesichtsausdruck und auf den Ton deiner Stimme. Vielleicht stellst du dich dabei vor einen Spiegel. Wie unterscheiden sie sich bei den jeweiligen Formulierungen?

Wenn es dir schwer fällt, ein Bedürfnis mit Stimme und Körper zum Ausdruck zu bringen, dann stell dir vor, du wärst ein kleines Kind, und wiederhole die Übung. Das heißt nicht, dass du im Leben wie ein kleines Kind dein „ich will“ zum Ausdruck bringen sollst, sondern du sollst dabei nur merken, wie wichtig es ist, dass alles zueinander passt, um aussagefähig zu sein.

Du kannst zum Beispiel nicht zu deinem Partner sagen: „Ich will mich um eine gute Partnerschaft mit dir bemühen“, und dabei den Blick auf den Boden richten, die Schultern fallen lassen und die Stimme ganz leise halten. Das ist nicht kongruent. Nimm das kleine Kind, das einen Wunsch äußert, als Modell: Es ist mit seinem ganzen Körper dabei.

Ich-Botschaften

In vielen Partnerschaften wird die Kommunikation wie ein Pingpong-Spiel gestaltet. „Du hast doch gesagt“ – „Aber du machst es immer wieder so“ – „Du lässt mich nie ausreden“ – „Aber du hast mich doch betrogen“ – immer hin und her, Rede und Antwort parieren sich wie ein Match, in dem es um Gewinnen oder Verlieren geht.

Die Partner klagen sich gegenseitig an, der andere rechtfertigt sich, und das Spiel hört nie auf. Was kann man dagegen tun?

Mit Ich-Botschaften kann man den Kreislauf durchbrechen. Indem man dem Partner mitteilt, wie man sich in dieser Situation der Differenz fühlt, wie man selbst die Sache beurteilt, ohne ihn dabei zu beurteilen.

Zum Beispiel könnte man sagen, statt

- „Du hast schon wieder die Wäsche liegen gelassen" – „Es macht mich traurig, dass ich die Wäsche wieder wegräumen muss."
- „Du denkst ja nie an mich, immer stehen nur deine Interessen im Vordergrund" – „Ich fühle mich von dir nicht richtig beachtet, das tut mir weh."
- „Du kümmerst dich immer nur um die Kinder" – „Ich fühle mich von dir vernachlässigt, das macht mich ärgerlich."

Während bei Du-Sätzen Angriff und Verteidigung schon vorprogrammiert sind, kann bei Ich-Sätzen kein Einwand kommen, weil das eine klare Aussage über dich ist, die dein Partner nicht bestreiten kann. Er bekommt die Gelegenheit, auch sich selbst zu erklären, und ihr lernt beide eure Gefühle besser kennen. Wenn du deine Gefühle und das Erleben in deinen Unstimmigkeiten mit deinem Partner wirklich ergründest, wirst du oft feststellen, dass das wahre Problem wenig mit dem zu tun hat, worüber ihr in Streit geraten seid.

Übung

Gehe in dich und suche nach Situationen, in denen du das Pingpong-Spiel gespielt hast, indem du Du-Botschaften ausgesandt hast. Korrigiere dann im Geiste diese durch Ich-Botschaften und versuche den Gefühlen nachzuspüren, die dabei entstehen. Notiere dir die Resultate.

Wenn du dich wieder einmal in eine Auseinandersetzung mit deinem Partner verstrickst, versuche, das Geübte anzuwenden.

Zuhören können – eine wichtige Eigenschaft

» *Zuhören können ist das Geheimnis der Weisen.*
Die meisten Menschen können es nicht,
weil sie während des Gesprächs
zu sehr mit sich selbst beschäftigt sind. «

Richtig zuhören heißt, dem anderen folgen, sich in seine Welt versetzen und an seinen Gedanken aktiv teilnehmen. Wer das nicht tut, verschließt sich gegen seinen Partner. Wie will er erfahren, wo sein Gegenüber geistig und emotional steht? Früher oder später wird er mit Situationen konfrontiert sein, die ihn vollkommen überraschen, weil er nicht richtig zugehört hat. Zuhören kann über dein Zusammenleben mit deinem Partner entscheiden. Sprich auch, wenn du meinst, dass dir dein Partner nicht zuhört, lass dir aber auch sagen, ob der andere den Eindruck hat, dass du ihm zuhörst.

Zum aktiven Zuhören gehört auch, dass du an den richtigen Stellen das Richtige sagst. Durch aktives Zuhören bekommt dein Partner das Gefühl, dass es dich interessiert und dass du ihn verstehst.

Die folgende Übung kannst du mit deinem Partner oder einer anderen Person machen:

- Zunächst bist du der Zuhörer. Dein Partner darf alles erzählen, was ihn beschäftigt, du darfst ihn auf keinen Fall unterbrechen. Sei ganz für ihn da und höre intensiv zu. Halte Blickkontakt mit ihm und lass ihm deine ganze Aufmerksamkeit zukommen. Freue dich darüber, dass er sich dir anvertraut. Wenn du merkst, dass deine Aufmerksamkeit abschweift oder du innerlich ein Urteil über das Gesagte fällst, lenke deine Aufmerksamkeit zu dem

Gesagten zurück. Jedes Werturteil über das, was dein Partner sagt, ob du ihm zustimmst oder seine Auffassungen ablehnst, betreffen immer wieder auch dich selbst, denn dein Partner ist dein Spiegel. Jetzt geht es aber nur um ihn. Lenke deine Aufmerksamkeit darum wieder auf ihn zurück.

- Nachdem dir dein Partner alles mitgeteilt hat, sage ihm, welches Gefühl du beim Zuhören hattest, ohne zu werten, was er sagte.
- Frage ihn, welche Gefühle er beim Erzählen hatte.
- Nun wiederholst du das, was du von den Worten deines Partners verstanden und behalten hast, ehrlich und urteilsfrei. Setze dabei so gut es geht die Worte und Redewendungen ein, die dein Partner verwendet hat und hebe die Passagen hervor, die ihm besonders wichtig waren.
- Lass dir berichten, wie dein Partner deine Wiedergabe empfunden hat, ob er sich verstanden gefühlt hat.
- Dann bedankt euch und wechselt die Rollen.

Trainiere dein Ohr und Auge. Kommunikation heißt auch, nachzufragen, ob das zutrifft, was du wahrnimmst, siehst und hörst. Du lernst mit der Zeit, immer besser zu beobachten und erfährst immer mehr über deinen Partner. Du erkennst, wo er innerlich steht.

Wenn der Partner nicht kommunizieren will, brauchst du Geduld. Bedrängen hilft nicht.

Wenn wir streiten oder unsere Meinung sagen wollen, haben wir oft das Bedürfnis, dem anderen immer noch etwas Zusätzliches zu sagen. Das muss nicht so sein. Oft ist es besser, sich zurückzunehmen und in sich zu schauen, was geschieht, wenn ich nichts mehr sage. Welche Gefühle kommen dann zu Tage, was erfahre ich über mich.

Opferbereitschaft

> *Ohne die Opferbereitschaft unserer Eltern gäbe es uns nicht. Ohne Opferbereitschaft wäre Leben nicht möglich.*

Nur durch Opferbereitschaft wird Innigkeit und Intimität in der Partnerschaft ermöglicht. Nicht Sexualität führt zur Intimität, sondern Opferbereitschaft. Sie zeigt deinem Partner, dass er für dich wichtig ist und du auch mal auf die Befriedigung deiner Wünsche verzichten kannst zu Gunsten seiner Bedürfnisse. Opferbereitschaft setzt Liebe in die Praxis um. Du erreichst damit das Herz deines Partners. Wenn du verliebt bist, spürst du deine Opferbereitschaft nicht. Sie ist einfach da. Erst später, wenn die Leidenschaft vorbei ist, wird sie dir eine Belastung. Warum sollte sie nicht andauern? Warum leidest du darunter, ein Opfer zu bringen?

Du leidest, solange du nicht erkennst, was Opferbereitschaft in deiner Beziehung zu leisten im Stande ist, nämlich dass du durch sie in deiner Partnerschaft viel lernen kannst, was für deine Entwicklung notwendig ist. Wenn du dieses Buch zu Ende gelesen hast, weißt du, was du durch deine Partnerschaft alles lernen kannst und verstehst vielleicht, warum auch Opferbereitschaft notwendig ist. Achte vor allem aber auch auf deine Gefühle, die entstehen, wenn du ein Opfer bringst. Frage dein Höheres Selbst, warum du diese Gefühle jetzt gerade hast und woher sie kommen.

Ändere deine Einstellung, dann ändert sich dein Leben und aus Zwang wird Freiheit.

Bist du für andere da, öffnet sich dein Herz und lässt Energie fließen. Du erlangst mehr Liebesfähigkeit, die dir Ruhe gibt. Solange du gierig, wütend und voller Hass bist, findest du keine Ruhe.

Wenn du deinem Partner oder einem anderen Menschen hilfst, stellst du bald fest, dass du nicht ihm hilfst, sondern dir selbst.

Bedenke immer, dass das Leben mit seinen Krisen dir dient, denn nur durch diese kannst du dich erkennen und weiterentwickeln. Auch wenn das im ersten Augenblick nicht so aussieht.

Dienen

»Es ist unmöglich im Herbst die Ernte einzuholen, wenn du im Frühjahr die Saat nicht ausgesät hast.«

Es ist heutzutage ein eher fremder Gedanke zu dienen. Doch wenn du von der Welt etwas haben willst, musst du erst etwas geben, oder hast du schon einmal deinen Lohn vor der Leistung bekommen? Wenn du dich in der Natur umschaust, erlebst du, dass alles und jedes einander dient. Die Sonne scheint für dich und wärmt. Dadurch kann alles gut gedeihen. Die Pflanzen produzieren deinen Sauerstoff. Dein Körper dient dir, damit du dich verwirklichen kannst, und so weiter. Nur, wir werden heute dazu erzogen, nicht zu dienen, sondern uns überall zu bedienen.

Auch in der Partnerschaft will keiner mehr seinem Partner dienen, zumal es meist die Frau war, die den Mann bedienen musste. Heute verwirklichen auch die Frauen sich selbst, aber sind sie deswegen glücklicher? Und verwirklichen sie tatsächlich ihr Selbst?

Dienen tut man aus Liebe. Wo es kein Dienen mehr gibt, gibt es auch keine Liebe mehr.

Wer will noch etwas um eines höheren Wertes willen tun? Aber so werden wir Sklaven unserer eigenen inneren Feinde: Neid, Hass, Missgunst, Wut, Stolz und Gier beherrschen uns. Durch die Partnerschaft kannst du dich von diesen Feinden befreien. Die Schwierigkeiten in deiner Partnerschaft werden dir den Weg weisen.

Übung

Verzichte hin und wieder einmal auf die Durchsetzung deiner Interessen zu Gunsten der des Partners. Wähle dir freiwillig einen Tag in der Woche aus, wo du deinem Partner helfen kannst. Suche dir zuerst einmal etwas aus, was dir innerlich und äußerlich nicht so schwer fällt, und wozu du eine nicht allzu große Planung benötigst. Sei aber, wenn du deinen Dienst antrittst, von ganzem Herzen dabei und konzentriere dich ganz auf das, was du tust. Mach dir klar, dass du diese Hilfe leistest, weil du es selbst willst, und führe sie voll Freude und Begeisterung aus. Natürlich darfst du dafür keine Gegenleistung erwarten, sondern erlebe dein Gefühl, wenn du etwas bedingungslos tust. Wichtig ist, dass du deinen Dienst mit einer positiven Einstellung und liebender Bereitwilligkeit ausübst. Mache diese Übung auch nicht aus Schuldgefühlen heraus, sondern sieh sie als vorbehaltloses Geben an. Erlebe dabei deine positiven und/oder negativen Gefühle und schreibe sie auf. Führe die Übungen über einen längeren Zeitraum hin aus und achte dabei darauf, was sich verändert. Schreibe ständig mit.

Du kannst die Übung steigern, indem du auch Dinge tust, die dir etwas schwerer fallen.

Gefühle zulassen

» *Wir wollen unsere negativen Gefühle so schnell wie möglich loswerden. Doch es sind gerade diese kraftvollen Energien, die uns zum Selbst führen.* «

In einem Streit oder Konfliktfall wollen wir am liebsten nicht eher Ruhe geben, bis alle Probleme geklärt sind. Das führt häufig zu Eskalationen, weil der andere nun einmal anders denkt. Dein Beharren bewirkt genau das Gegenteil: Die negativen Gefühle verstärken sich und werden immer massiver.

Besser ist es, einen Streitpunkt einfach mal offen zu lassen und sich zurückzuziehen. Nutze deine negativen Gefühle, die daraus resultieren, um ein Stück Klarheit über dein Selbst zu erlangen.

Zulassen und Loslassen von Emotionen

Unkontrollierte Emotionen vergiften dein Bewusstsein, sie trüben und verdunkeln deine Wahrnehmung und deine Vernunft. Von Wut vergiftet können Menschen Fürchterliches ausrichten und hinterher fassungslos sagen, sie wüssten gar nicht, was über sie gekommen sei.

Die fünf hauptsächlichen Gifte sind: Ärger / Wut, Stolz / Arroganz, Leidenschaft/Gier, Neid/Eifersucht und Verblendung. Sie alle basieren auf den Funktionen des Ego mit den Impulsen von „haben wollen“ (Begierde), „nicht haben wollen“ (Aggression) und „nicht wissen wollen“ (Ignoranz).

Mach dir zunächst erst mal klar, dass deine Emotionen deinem eigenen Geist entspringen. Sie sind deine eigene Energie und deine eigene Geschichte (Gedanken), die aus der jeweiligen Situation entsteht. Die Emotion ist dein Resultat auf einen Reiz von außen. Es gibt drei Möglichkeiten, mit Emotionen umzugehen:

Ausagieren

Du willst die Emotion loswerden, abreagieren und den Schuldigen bestrafen, weil er dir Schmerz und Leid bereitet hat. Meistens bereitest du dir dadurch nur weiteren Schmerz, wie derjenige, der voller Wut den Stein tritt, an dem er sich vorher gestoßen hat.

Unterdrücken

Du hast gelernt, deine Gefühle zu beherrschen und zu unterdrücken. Die emotionalen Energien wühlen jedoch weiter und drängen wieder nach außen – du wirst krank an Körper und Seele an deinem unterdrückten Groll.

Aushalten

Aushalten bedeutet, den Widerstand aufgeben. Der Widerstand ist die Geschichte, die deine Energie gebunden hat, also das, was wie in einem Film vor deinem geistigen Auge abläuft. Ohne Geschichte ist deine Energie klar, also reine wertfreie Energie. Wenn es dir gelingt, die Geschichte aufzulösen, kannst du die reine Energie in dir wahrnehmen.

Übung 1

> Frage dich, woher du diese Gefühle kennst, wann hast du sie zum ersten Mal erlebt? Wie konntest du dich damals dagegen wehren? Wie fühlt sich das heute an? Wo genau spürst du es? Lasse das Gefühl im Körper wandern. Lasse dich ein auf das Gefühl, damit du es loslassen kannst.
>
> Um deine Emotionen kennen zu lernen und sie loszulassen, ist es wichtig, ihnen einen Namen zu geben. Wenn

man etwas benannt hat, fürchtet man sich nicht mehr so davor. Stelle dir vor, deine Emotionen wären ein Wesen. Gib ihm den Namen einer Eigenschaft, zum Beispiel Neid, Eifersucht oder Habgier.

Übung 2

1. Setze dich an einen ruhigen Ort und richte deine Aufmerksamkeit auf deine Emotionen. Suche dir einen treffenden Namen für sie. Durch ihn benennst du auch die Geschichte, die mit ihr verbunden ist. Wenn zum Beispiel der Name Aggression ist, kann die Geschichte die spezifischen oder allgemeinen Aggressionen gegen deine Eltern oder deinen Partner sein. Manchmal ist die Geschichte ausgeschmückt mit allen möglichen Rationalisierungen, mit denen die Verantwortung für den eigenen Zustand wird an den Partner oder andere delegiert.
2. Nimm deine körperlichen Empfindungen wahr, während du versuchst, deine Emotionen zuzulassen. Welcher Art sind sie (zum Beispiel brennen, Druck, ziehen)? Spüre genau, wo sie sich befinden.
3. Versuche nun, die Geschichte von den Emotionen abzutrennen, indem du sie ausatmest. Lass sie los und zum Beispiel in einer Seifenblase zum Himmel steigen.
4. Dann gehe wieder in die Empfindungen hinein. Was hat sich verändert?
5. Wenn die Geschichte immer noch da ist und auf dich wirkt, atme wieder aus.

Mit der Zeit verliert die Geschichte an Kraft. Du wirst feststellen, dass das, was du ausatmest, eine Art Widerstand ist. Ein Widerstand gegen die Ruhe und das Unbeschäftigt-Sein. Denn Emotionen bieten Unterhaltung und Ablenkung. Sie lassen dich deine Energie spüren und schaffen eine Verbindung zu deinem Selbst. Die Geschichte loslassen heißt, den Widerstand aufgeben. Dadurch kann die Energie wieder fließen und du fühlst dich einerseits erleichtert, andererseits steigt dein Selbstwert, weil du nicht mehr ausgeliefert bist. Du hast Möglichkeiten gefunden, dir selbst zu helfen. Du trägst Verantwortung für dich selbst und bist nicht mehr abhängig.

So bist du frei, um die Beweggründe deines Partners zu verstehen, die zu eurem Konflikt beitragen und ihn verstehen und annehmen lernen. Du kannst dich dazu wie oben beschrieben in sein Gefühl hineinversetzen. Das kannst du am besten durch aktives Zuhören erreichen. Danach schaust du dir seine Geschichte an, die sich seiner Emotionen bedient, und versuchst, sie nachzuerleben.

Das könnte zum Beispiel so aussehen:

Irene: Immer kommst du so spät nach Hause. Ich sitze hier den ganzen Tag mit den Kindern allein, darum kümmerst du dich gar nicht.

Horst: Ich sehe, dass du ziemlich wütend auf mich bist. Die Arbeit mit den Kindern macht dir ganz schön zu schaffen. *(Horst signalisiert, dass er aktiv zugehört hat und seine Partnerin in ihrem Anliegen verstanden und angenommen hat.)*

Irene: Das kann man wohl sagen. Ich wünsche mir manchmal, dass ich auch ein wenig Zeit für mich hätte. *(Die Partnerin wird mild und kann ihr Anliegen vorbringen.)*

Horst: Wir werden eine Lösung finden. *(Vielleicht zieht Horst sich jetzt zurück und schaut sich einmal die Geschichte seiner Partnerin an, die lautet: „Ich bin den ganzen Tag mit den Kindern allein.")*

So kann Horst die Ängste und Gefühle seiner Partnerin verstehen lernen, und entdeckt dabei vielleicht, dass es ihm an Irenes Stelle gar nicht anders erginge, als auch ärgerlich zu sein.

Durch das Verstehen des Partners aus tiefstem Herzen kannst du dich zusammen mit deinem Partner nun der Lösung des Problems zuwenden, anstatt im Problem stecken zu bleiben oder es noch zu verstärken.

Versuche, nach diesem Muster deine eigenen Problemsituationen durchzugehen. Versuche, die Methode nach und nach in der Realität anzuwenden. Du wirst viele Gefühle kennen lernen – die deines Partners und deine eigenen.

Aggression

> *»Aggression ist ein Ausdruck für Hilflosigkeit. Wer aggressiv ist, fühlt sich an die Wand gedrückt und sieht keinen Ausweg mehr.«*

Aggression entsteht durch Verurteilung und Unterdrückung. Vermeide es deshalb, deinen Partner zu verurteilen und zu unterdrücken, sonst erzeugst du Aggressionen, für die du allein verantwortlich bist. Nimm Aggression als Zeichen dafür, dass du etwas lernen musst und gib nicht deinem Partner die Schuld. Versuche, die Ursache deiner Aggression oder der deines Partners herauszufinden: Wo war zwischen euch Verurteilung oder Unterdrückung?

Unterdrücke die Aggression nicht, sondern nimm die Gefühle an und lebe sie aus.

Kleine Streitkultur

- Wenn du mit deinem Partner streitest, achte darauf, nicht die Grenzen zu überschreiten. Es könnten irreparable Schäden entstehen.
- Beschimpfe ihn nicht, sondern sende Ich-Botschaften.
- Bleibe sachlich, unterbrich den anderen nicht.
- Wenn du beschimpft wirst, ziehe dich zurück und schaue, wie es dir dabei ergeht. Wenn du das nicht aushältst, frage dich, was dich daran hindert, dich zurückzuziehen.
- Wenn du gehst, überlege, ob du durch dein Weggehen den Kampf weiterführen willst. Auch das ist eine (versteckte) Aggression.
- Vermeide die Worte „nie", „immer" und „alle".

- Wenn du aggressiv bist, frage dich, warum es dir nicht auf einem anderen Weg möglich ist, dich durchzusetzen. Was hindert dich daran?

Beispiele für Selbsterkenntnis:

- Streit als Kontaktaufnahme (weil du anders keine Nähe zulassen kannst) – Hier hilft es nicht, wegzugehen, weil Angst vor Liebe nur mit Liebe geheilt werden kann. Erkenne dich selbst an. Liebe dich selbst.
- Aggression als Ventil (kann heilsam sein) – überlege aber, ob der Druck auch anders abgeführt werden kann.
- Aggression als Selbsthass – lieben lernen tut Not.

Frag dich, gegen wen du in Wahrheit aggressiv bist. An wen bist du gebunden? Hat es etwas mit deiner Vergangenheit zu tun? Wann und wo genau? Wie alt warst du damals? Ist es wirklich nötig, heute noch genauso zu reagieren?

Aggressionen entstehen, wenn man sich in die Enge getrieben fühlt. Es gibt keinen Fluchtweg mehr, außer den der Aggression. Das bedeutet wiederum, dass der Aggressor im Moment der Aggression seinen Wert nicht mehr kennt und sich nur noch mit lauten Worten und ausdrucksvollen, negativen Taten sein Recht verschaffen kann.

Marion kam in meine Praxis, weil ihr Ehepartner eine Geliebte hatte. Sie war am Boden zerstört und sagte, ihr Partner könne ihre aggressiven Reaktionen nicht mehr ertragen. Sie finge bei jedem Gespräch mit ihm an zu schreien.

Als wir diese Gespräche näher anschauten, fanden wir heraus, dass Marion sich immer angegriffen fühlte. Angeblich konnte sie ihrem Partner nichts Recht machen. Je mehr sie sich anstrengte, desto schärfer kritisierte er sie und desto aggressiver wurde sie.

Ich machte ihr zunächst einmal klar, dass es ihr wie einem Tier erging, das in die Enge getrieben wird. Das arme Wesen kämpfte ums Überleben. Mit allen Mitteln und immer mehr Aggressionen, denn es spürte zu recht, dass ihm kein anderer Ausweg mehr blieb.

Marion sah ein, dass sie auf diese Weise selbst das Problem verstärkte, nicht ihr Partner. Sie sah ein, dass sie ihre Position immer mehr schwächte, je aggressiver sie wurde.

Wir machten die Übungen, wie sie im Kapitel *„Loslassen von Emotionen"* beschrieben sind. Dadurch konnte sie ihre Aggressionen zuerst einmal als etwas im Moment noch Wichtiges und Sinnvolles in ihrem Leben annehmen. Nach einiger Zeit wird sie sie dann loslassen und mit ihrem Partner einen sachlicheren Umgang finden können.

Schmerz

> *Schmerz ist ein Gefühl, das wir am liebsten nicht hätten. Wir wären am liebsten immer glücklich. Dabei bedenken wir jedoch nicht, dass der Schmerz ein wichtiges Anzeichen für Wachstum ist.*

Wenn du leidest, ist das ein Hinweis darauf, dass ein wichtiges Thema in deinem Inneren noch nicht verarbeitet ist. Oft ist das etwas, was schon viele Jahre zurückliegt, bis in deine Kindheit. Du aber meinst, dein Partner wäre der Übeltäter, der dir Schmerz zufügt, dabei ist er nur der Auslöser, der den Schmerz zum Vorschein bringt. Er ist aber nicht die Ursache.

Wenn du leidest, neigst du schnell dazu, den anderen zu beschuldigen und dein Herz zu verschließen, um dann in Selbstmitleid zu verfallen. Stattdessen könntest du es auch als ein Geschenk betrachten, verletzt worden zu sein.

Vielleicht meinst du jetzt, „das kann doch nicht wahr sein", Schmerz zu erleiden ist doch nicht erstrebenswert. Aber nur durch den Schmerz kannst du zur Liebe kommen. Liebe, die aus der Tiefe deines Herzens kommt, und die nicht durch dein Ego geprägt ist.

Vielleicht hast du zu lernen, dein Herz offen zu halten, gleichgültig, was der andere tut oder sagt. Oder du erfährst durch den Schmerz mehr über Demut, Geduld und Vergebung, um dadurch lieben zu lernen und glücklicher zu werden. Denn geliebt zu werden, macht nicht allein glücklich, sondern vielmehr, selbst zu lieben.

Zuerst einmal musst du herausfinden, woher dein Schmerz rührt, wo seine Ursache liegt. Du kannst dir sicher sein, es ist nicht dein Partner, der den Schmerz erzeugt. Dein Schmerz ist bereits seit langem in deinem Innern vorhanden. Um an ihn heranzukommen, kannst du einfach mit ihm sprechen, wie du auch mit deinem Höheren Selbst gelernt hast zu sprechen.

Übung 1

Schließe die Augen und vergegenwärtige dir deinen Schmerz. Erinnere dich genau an die Situation, in der du ihn zuletzt gespürt hast. Mit irgend einer Bemerkung hat dein Partner vielleicht daran gerührt. Du hast dich falsch verstanden, falsch behandelt oder beurteilt gefühlt, du warst verletzt und beleidigt. Hole alle Gefühle, die dazu gehörten, jetzt in dein Bewusstsein und nimm alle Einzelheiten wahr. Wie macht der Schmerz sich bemerkbar? Wo genau empfindest du ihn, in welchem Bereich des Körpers? Ist er immer vorhanden oder kommt er in Wellen oder Intervallen? Ist er körperlich spürbar, ist er stechend oder dumpf? Sitzt er fest an einem bestimmten Punkt oder dehnt er sich aus?

Wenn du den Schmerz erspürt hast, versuche, ihn ganz zu akzeptieren. Probiere, ob du ihn verstärken kannst, um ihn dann mit dem Ausatmen zu verringern. Nimm dir Zeit dazu. Versuche, selbst dein Schmerz zu werden. Wie fühlt sich das genau an? Sprich einmal als Schmerz mit dem Menschen, in dem du wohnst. Sag ihm, wo du herkommst, wie du entstanden bist, bevor dieser Partner des Menschen dich auslöste. Sage auch, was du den Menschen lehren willst, in dem du dich eingenistet hast, und was du Gutes für ihn tun willst.

Dann werde wieder du selbst und antworte dem Schmerz. Sage ihm, wie du dich dabei gefühlt hast, als er mit dir sprach. Stelle ihm weitere Fragen, die dich beschäftigen.

Werde dann langsam wieder der Schmerz und antworte auf die Fragen des Menschen.

Du kannst diesen Dialog solange fortsetzen, bis du ein Stück Klarheit über deinen Schmerz erhalten hast. Wenn du das Gefühl hast, du könntest den Dialog beenden, bedanke dich für das Gespräch und bitte darum, gegebenenfalls zu einem anderen Zeitpunkt wieder mit ihm in Verbindung treten zu dürfen.

Du kannst auch, wenn du genügend Aufschluss über das Entstehen des Schmerzes bekommen hast, ihn bitten, dir eine Lösung für deine schmerzliche Situation zu schicken.

Durch diese Übung wirst du mit der Zeit eine Menge Informationen über dich selbst bekommen, und du wirst, wenn du sie in geeigneten Situationen immer wieder anwendest, deiner inneren Erfüllung ein Stück näher kommen.

Versuche einmal, deinen Schmerz oder dein Leid in deiner inneren Einstellung umzugestalten und sie als etwas anzusehen, was dich aufbauen kann, statt dich niederzureißen. Halte dir das immer vor Augen, auch wenn es in den akuten Problemsituationen schwierig oder unmöglich zu sein scheint. Je schneller du verstehst, dass du aus einer schmerzvollen Situation lernen kannst, umso schneller wirst du sie hinter dir lassen.

Übung 2

Umgang mit Schmerz:

1. Notiere zunächst genau, warum du leidest. Wie sich dein Schmerz bemerkbar macht und wo du ihn spürst.
2. Setze dich ruhig hin, gehe in dich und bitte dein Höheres Selbst, dass es dich mit friedvollen Gedanken erfüllt und dir zeigt, was du aus dieser Situation zu lernen hast. Denke daran, dass es keine Zufälle gibt und du an dieser Situation wachsen kannst. Schreibe alle deine Einsichten auf.

3. Stell dir vor, dass dein nächstes Zusammentreffen mit deinem Partner dein letztes sein würde. Stelle dir vor, du wärst ein weiser Mensch. Was würdest du dem anderen sagen, um die Situation zu bereinigen und Liebe zwischen euch beiden entstehen zu lassen?

   Achte auf dein Gefühl und schreibe alles auf, was du empfindest.

Eifersucht

» *Da wo Vertrauen fehlt,*
nimmt die Eifersucht Platz. «

Du kannst eifersüchtig sein auf einen anderen Menschen, auf die Arbeit, auf das Hobby, auf den Erfolg deines Partners und so weiter. Eifersucht und Neid haben immer mit Missgunst zu tun. Missgunst macht deutlich, dass du deinen eigenen Wert nicht kennst.

Dein Partner ist eifersüchtig:

Gehe behutsam damit um und beklage dich nicht, wenn er dir sein Gefühl mitteilt. Denke vorher einmal nach, welchen Anlass du gegeben haben könntest und aus welchem Grund.

Wehre die Ängste deines Partners nie als Einbildung ab, höre ihm mit Herz zu. Frage dich, welcher Anlass deinerseits dazu führte, manchmal ist es dir gar nicht bewusst. Du lernst dich auch durch die Eifersucht deines Partners ein Stück näher kennen. Oft spürt der Partner etwas, was du selbst nicht wahrhaben willst. Frage dich, ob er nicht Recht haben könnte, denn er hat es in vielen Fällen, weil er dein Spiegel ist.

Du bist eifersüchtig:

Wenn dein Partner sich über deine Eifersucht beklagt, dann frage dich, ob und wo er dabei Recht haben könnte. Vielleicht unterstellst du ihm Dinge, die dein eigenes Wesen betreffen; Vielleicht sind es deine Phantasien die du in ihn hineinlegst; Weißt du, warum du das tust?

Wenn du die Gründe dafür kennst, dann frage dich, wie es dazu kam. Was hast du übersehen, überhört, wann hast du nicht hingesehen oder etwas nicht ernst genommen? Hast du deinen Partner vernachlässigt?

Frage dich, warum es dich kränkt. Wo genau bist du gekränkt, verletzt? Vielleicht ist es auch eine Machtfrage zwischen dir und deinem Partner? Oft gibt es nicht nur die akute Trauer, sondern du hast schon immer das Gefühl gehabt, nicht geliebt zu sein. Dann hat das etwas mit deinem Selbstwert zu tun, auch wenn es einen Grund für deine Eifersucht gibt.

Vielleicht quält dich der Gedanke, dass du alles für den anderen getan und nie Nein gesagt hast, obwohl du es manchmal gerne getan hättest. Aber du hast es nicht getan, vielleicht um nicht verlassen zu werden, also aus ziemlich eigennützigen Gründen. Wenn du nun in deinem Leben an dem Punkt stehst, wo dein Partner dich verlassen will, fühlst du dich ungerecht behandelt und bemitleidest dich deshalb. Vordergründig bist du eifersüchtig, im Innern jedoch quälen dich tiefe Kränkungen und ein Schmerz, der ganz woanders herrührt, als von deinem Partner. Darum musst du zunächst herausfinden, woher der Schmerz kommt, was dich in deinem Leben so verletzt hat, dass es jetzt in der Eifersucht seinen Ausdruck findet.

Beginne mit der ersten Übung, die im Kapitel *„Schmerz"* beschrieben ist. Nimm statt Schmerz die Eifersucht, und befrage sie. Du wirst sehen, dass du auch hier wieder eine ganze Menge über dich erfahren kannst.

Verachtung ist Selbstverachtung

> *» Schau dir deine eigenen Unzulänglichkeiten an, damit du dich selbst achten kannst, sonst kannst du auch andere nicht achten. «*

Du kannst deinen Partner nur verachten, wenn du dich selbst verachtest, und umgekehrt kannst du deinen Partner nur achten, wenn du dich selbst achtest. Warum?

In der Regel suchst du in unserem Kulturkreis deinen Partner selbst aus. Zum Zeitpunkt des kennen Lernens findest du ihn gut, du liebst ihn, sagst du. Du stehst mit ganzem Herzen hinter deiner Entscheidung. Wenn ihr nun eine Weile zusammenlebt, treten mit der Zeit Dinge auf, die dich an ihm stören. Du fängst an, ihn mehr und mehr zu verachten und dich innerlich zu fragen, wie du nur einen solchen Menschen heiraten oder dich überhaupt auf ihn einlassen konntest. Das führt unweigerlich zur Verachtung deines Partners, dabei verstehst du dich selbst nicht, weil du dich fragst, wie du dich nur so täuschen konntest, und du wirst selbst unsicher. Wie viel Schuld der andere jedoch auch haben mag, du hast unter vielen möglichen Partnern ihn ausgesucht. Dieser Verantwortung kannst du dich nicht entziehen. Auch diese nicht eingestandene Verantwortung nagt unbewusst an dir und verstärkt die Verachtung tief in dir. Denn du hast deine Aufgabe nicht erfüllt.

All das ist dir meistens nicht bewusst, sondern liegt tief im Unbewussten vergraben und führt zu negativen Gefühlen. Weil du diese Gefühle nicht haben willst, schiebst du die Schuld auf den Partner und hast somit eine Entschuldigung, aber im Herzen bist du unglücklich und unzufrieden, weil dein Unterbewusstsein mehr weiß als dein bewusster Verstand. Es weiß nämlich, dass du dich im Grunde selbst verachtest, weil du die Eigenschaften oder besser gesagt die Projektionen, die dir dein Partner spiegelt, nicht magst und nicht annehmen willst. Darum fällt es dir schwer, dich selbst anzunehmen und zu lieben und verachtest dich unbewusst.

Heinrich kam in meine Praxis, weil seine Frau Ruth sich nicht genügend um ihn kümmerte. Sie sei ständig mit ihren Freundinnen unterwegs und wenn sie mal zu Hause sei, würde sie nur telefonieren, beschwerte er sich bei mir. Er verachtete seine Frau inzwischen zutiefst und alles, was sie tat.

Ich machte ihm klar, dass er mit seiner Verachtung nur zeigte, dass er zutiefst sich selbst verachtete. Warum tat er das? Vom Anfang seiner Beziehung an hätte Heinrich wissen müssen – und wusste es auch, das gab er zu –, dass Ruth viele Freundinnen hatte und viel mit ihnen zusammen war. Er warf sich vor, dass er es nicht geschafft hatte, Ruth davon abzubringen. Zum anderen verachtete er sich, weil er genauso wenig in der Lage gewesen war, Ruth stärker an sich zu binden. Er fühlte sich nämlich ziemlich allein, weil er es sich wegen seines starken Pflichtbewusstseins nicht erlauben konnte, seine Beziehungen zu anderen zu pflegen.

Durch unser Gespräch gelang es ihm, sich einzugestehen, dass es ihm wahrscheinlich gar nicht hätte gelingen können, Ruth zu ändern oder mehr an sich zu binden, weil sie nun mal ein geselligerer Mensch ist als er. Er könnte sich höchstens selber ändern und sich innerlich die Erlaubnis geben, mehr freie Zeit für sich einzuräumen, um dadurch eine größere Zufriedenheit zu erlangen. Nach dieser Einsicht fasste er mehr Zutrauen zu sich selbst und war in der Lage, seinen Selbstwert zu stärken, indem er Raum für sich selbst geschaffen hatte. Durch die daraus entstandene Entspannung in seiner Beziehung kam es zwischen den beiden zu einem harmonischen Miteinander.

Wenn du dich nicht mehr selbst verachtest, geschieht es ganz von allein, dass du auch deinen Partner wieder achtest. Um diese Zusammenhänge in dir zu erkennen, musst du wieder in dich gehen und dein Höheres Selbst um Hilfe bitten. Gehe in folgenden Dialog und frage, was du an dir ablehnst:

Wertschätzungsübung

Mache eine Liste und schreibe auf, was du deinem Partner übel nimmst, was du an ihm verachtest.

Ersetze in allen Sätzen die Worte „übel nehmen" oder „verachten" durch „schätzen" oder „anerkennen".

Das kann so aussehen:

A.: Ich verachte dich, weil du dich so wenig um mich kümmerst.

B.: Ich schätze es, dass du dich so wenig um mich kümmerst, denn dadurch habe ich gelernt, mich um mich selbst zu kümmern und mir einen eigenen Freundeskreis aufzubauen.

oder

A.: Ich verachte dich, weil du immer betrunken bist.

B.: Ich schätze es, dass du immer betrunken bist, denn dadurch habe ich die Möglichkeit erhalten, für mein Leben viel zu lernen, um innerlich frei zu sein.

Vielleicht klingt es im ersten Augenblick eigenartig für dich, das Verachtete in positiver Gestalt vor dir zu sehen und in etwas Geschätztes umzuwandeln, aber wenn du eine Weile darüber nachdenkst, wirst du bemerken, dass jeder Nachteil auch einen Vorteil hat.

Vergebung

> »*Wenn du nicht vergeben kannst, kannst du in Wirklichkeit dir selbst nicht vergeben. Dir selbst zu vergeben setzt voraus, dass du dich selbst magst und liebst.*«

Wenn dein Partner dich um Verzeihung bittet, und du kannst ihm nicht verzeihen, dann schau bei dir selbst nach. Es hat mit deinem Ego zu tun, das du ein Stück weit aufgeben musst.

Was fühlst du, wenn du etwas verzeihen sollst? Wovor fürchtest du dich? Was würdest du verlieren, wenn du deinem Partner vergibst? Auf wen genau bist du wütend? Bist du wirklich auf *ihn* böse?

Bedenke, dass er dir nur ein Stück deines Selbst spiegelt, und dass du in Wirklichkeit vielleicht auf dich selbst böse bist und dir selbst nicht vergeben kannst.

Bettina ist 56 Jahre alt und kommt wegen der unterschiedlichsten psychosomatischen Beschwerden in meine Praxis. Sie berichtet, dass sie starke Herzprobleme hat, sie darf sich nicht aufregen, sonst werden diese noch schlimmer. Sie berichtet weiter, dass ihr Partner sie früher immer sehr stark tyrannisierte, indem er ihr vorschrieb, was sie zu tun und zu lassen hatte. Dabei ging es meist um Formulieren wie „du sollst ...", „du darfst nicht ...", „du machst immer falsch ...", „ich will, dass du ..." usw.. Er behandelte sie wie ein Lehrmeister seine Schüler. Sie hasst ihren Partner deswegen sehr. Obwohl er sich inzwischen verändert hat und sie in Ruhe lässt, kann sie ihm sein damaliges Verhalten nicht vergeben. Inzwischen ist er ein wenig senil geworden und sie ist diejenige, die ihn häufig tyrannisiert. Sie gibt sogar zu, dass sie es ihm jetzt ein wenig heimzahlt, damit er mal merkt, wie das ist, wenn man ständig Vorschriften gemacht bekommt.

Nach längerer Arbeit mit ihr stellt sich heraus, dass Bettinas Vater früher genauso mit ihr umgegangen ist, wie ihr Partner. Immer waren da diese Vorschriften: „du sollst ...", „du musst ...", „du darfst nicht ...". Auch ihn hasste sie dafür.

Ich fragte sie, wie sie eigentlich in ihrem inneren Dialog mit sich selbst spräche. Sie gab zu, dass sie sich selbst auch permanent unter Druck setzte und tyrannisierte. Sie konnte sich einfach nicht annehmen. Sie sagte sogar wörtlich, dass sie sich selbst nicht mochte.

Das Herz wird nun nicht nur im Volksmund mit Liebe assoziiert. Herzprobleme können auch tatsächlich etwas mit einem Mangel an herzlichen Gefühlen zu tun haben. Bettina hatte für sich selbst auf jeden Fall zu wenig davon. Sie konnte sich selbst nicht annehmen, wie sie war. Ständig übte sie Druck auf sich aus. Als sie langsam lernte, liebevoller mit sich umzugehen, verringerten sich ihre Herzprobleme und sie fühlte sich wieder freier und gelöster. Sie konnte, nachdem sie sich selbst vergeben hatte, endlich auch ihrem Partner vergeben.

Übung zur Selbstliebe

> Mach es dir wieder einmal bequem und stell dir in Gedanken vor, eine Freundin sieht dich voll Liebe und Bewunderung an und sagt dir, was sie an dir mag. Stell dir dann vor, es kommen noch ein paar Leute dazu, die dir auch sagen, dass du ein großartiger Mensch bist, so wie du bist. Auch wenn es dich verlegen macht – lass es zu. Lass dann noch mehr Menschen kommen, die dich bewundern, lieben und achten. Sie alle jubeln dir zu und freuen sich, dass es dich gibt. Sie umarmen dich und sagen dir, dass du der liebenswerteste Mensch bist, den sie kennen. Auch wenn es dir schwer fällt, lass es zu, bedanke dich ohne Kommentar bei ihnen und öffne dann wieder die Augen.

Sage dir von nun an jederzeit, wenn du daran denkst: Ich liebe mich und nehme mich an wie ich bin, ich bin es wert, geliebt zu sein.

Geduld – das A und O einer Beziehung

» *Die langsame Geduld ist meist schon vor der Schnelligkeit am Ziel. Denn es ist die Beständigkeit, die den Erfolg hervorbringt.* «

Zu wissen, wann du abwarten und wann du handeln musst, ist Weisheit. Jede Entwicklung braucht ihre Zeit. Betrachten wir die Natur, dort gibt es keine Hetze. Nichts wird unter Druck gemacht. Das Keimen eines Samenkorns, das Wachstum von Pflanzen, Tieren und Menschen hat seine vorgesehene Zeit, damit alles so werden kann, wie es gedacht ist. Wenn etwas schneller als vorgesehen reift, können wir sicher sein, dass der ungeduldige Mensch seine Finger im Spiel hat. Am Ergebnis können wir erkennen, dass durch Ungeduld niemals bessere Qualität entsteht, als wenn man den Abläufen der Natur folgt. Das Fleisch von Hühnern, Schweinen oder Kälbern, die gemästet werden, damit sie schneller schlachtreif sind, ist schlechter als das von natürlich aufgezogenem Vieh. Die Tiere sind anfälliger für Krankheiten und Parasiten.

So ist es auch in der Partnerschaft. Eine Liebe braucht Zeit zum Wachsen und Reifen mit allen Höhen und Tiefen.

Wenn man begriffen hat, dass nicht das Ziel das Leben glücklich macht, sondern der Weg dahin, dann ist das Leben mit seinen guten wie mit seinen schlechten Zeiten eine Freude. Es sollte so sein, dass Schule und Arbeit Freude machen. Auch hier ist es der Prozess, der zählt, nicht die bestandene Prüfung, der gut bezahlte Job oder später der Ruhestand. Wenn es so weit ist, ist nämlich schon ein Teil des Lebens vorbei, und wir haben kostbare Zeit versäumt, um glücklich zu sein.

Strebst du eine glückliche Partnerschaft an und steckst gerade in einer Krise, dann ist es ganz verständlich, dass du da so schnell wir möglich herauskommen möchtest. Aber du musst auch wissen, dass die Krise dir die Möglichkeit bietet, zu wachsen. Und dieses Wachstum braucht wie alles Wachsen in der Natur seine Zeit.

Nimm dir darum ein wenig Zeit und sieh sie als Zwischenergebnis an auf dem Weg zu einer erfüllten Partnerschaft. Denke zum Beispiel nur einmal an Edison, den Erfinder der Glühlampe. Er hatte jahrelang Misserfolge bei seinen physikalischen Versuchen. Nach dem 1342ten Versuch wollten auch seine treusten Mitarbeiter aufgeben. Seine Antwort darauf kann uns allen ein Beispiel sein: „Nun wollt ihr aufgeben, wo wir kurz vor dem Ziel sind. Ihr sagt, wir hatten 1342 Misserfolge. Ich aber sehe nur 1342 erfolgreiche Versuche, die uns gezeigt haben, dass es so nicht geht. Es bleiben nur noch wenige Möglichkeiten offen, und dann sind wir am Ziel. Wie könnte ich jetzt aufgeben?" Der 1344te Versuch brachte den Durchbruch. Ein Ergebnis von Geduld und Beharrlichkeit. Nur so können wir unser Ziel erreichen.

Denke auch einmal an deinen Körper. Wie viel Geduld hat er mit dir! Was mutest du ihm alles zu, und doch gibt er nicht auf und macht schlapp. Er macht immer wieder das Beste daraus. Nehmen wir zum Beispiel deine Atmung. Du kannst sie noch so sehr herausfordern, sie wird doch immer wieder ruhig und gleichmäßig und führt dich zu Ruhe und Ausgeglichenheit. Und diese beiden Eigenschaften sind es auch, die uns Menschen zur Geduld führen. Nur ein in sich ruhender Mensch kann geduldig sein. Denn es kann ihn nichts so schnell aus der Ruhe bringen und er weiß, dass jedes Ding seine Zeit braucht.

Weil die Atmung so wichtig ist für die Ausgeglichenheit, ist es durch sie auch möglich, Geduld zu lernen mit einer Übung.

Atem-Übung

Setze oder lege dich bequem hin und beobachte einfach nur, wie dein Atem ein- und ausströmt. Versuche nicht, ihn zu beeinflussen, und bleibe unablässig mit deiner Aufmerksamkeit bei deiner Atmung. Nach einiger Zeit wirst du feststellen, dass du ruhiger, gelassener und konzentrierter wirst. Wenn du das schon spüren kannst, lass deinen Atem nun behutsam tiefer werden. Strenge dich dabei nicht an, sondern lass den Atem einfach in dich einströmen. Überlasse dich völlig passiv deiner Atmung. Es kommt darauf an, jede Anstrengung zu vermeiden, nicht in den natürlichen Atemrhythmus einzugreifen, sondern alles fließen zu lassen.

Welche Qualität deine Atmung haben soll, kannst du mit Hilfe deiner Vorstellungskraft selbst bestimmen. Du kannst dir zum Beispiel mit jedem Einatmen vorstellen, wie Ruhe in dich einströmt. Mit jedem Ausatmen stellst du dir vor, wie jegliche Art von Unruhe aus dir entweicht. Aber auch jeden anderen Zustand oder jede andere Eigenschaft kannst du dir aneignen, während du sie einatmest und dir vorstellst, wie dein ganzer Körper damit erfüllt wird. Negative Eigenschaften oder Befindlichkeiten atmest du aus und befreist dich so von ihnen.

Du kannst zum Beispiel

Geduld einatmen	–	Ungeduld ausatmen
Wohlbefinden einatmen	–	Unwohlsein ausatmen
Mut einatmen	–	Angst ausatmen
Liebe einatmen	–	Hass ausatmen
Freude einatmen	–	Schmerz ausatmen
Gesundheit einatmen	–	Krankheiten ausatmen

usw.

Eine solche Atemsitzung sollte etwa 15–20 Minuten dauern. Je länger und öfter du übst, und je intensiver du dich konzentrieren lernst, desto nachhaltiger wird auch die Wirkung sein. Du wirst durch diese Übung nicht nur deinen Zustand und dein Befinden verändern, sondern zusätzlich durch dauerhaftes Üben auch Aufschlüsse über dich und deine Partnerschaft bekommen, wenn du dich dazu auch noch vor der Übung mit der Bitte um Antwort auf deine Fragen an dein Höheres Selbst wendest. Denn die Intuition kann in diesem gelösten, einer Trance ähnlichen Zustand fließen, und du kannst sie dir für deine Entwicklung zu Nutze machen.

Sich selbst treu sein führt zu Treue

> »*Behandle dich wie deinen besten Freund.
> Einen Freund, den du nicht
> schätzt, dem bist du nicht treu.*«

Treu sein können setzt voraus, dass du dir selbst treu bist, denn das, was du dir selbst nicht gibst, kannst du auch keinem anderen geben. Sich selbst treu sein setzt Selbstwert voraus. Fühlst du dich nicht wert genug, kannst du dir selbst nicht treu sein. Darum ist es wichtig, dass du dein Selbstwertgefühl aufbaust, dich bestärkst, indem du dich behandelst, als wärst du deine beste Freundin.

Wenn du nicht für dich einstehen kannst, wer soll es dann tun? Jemand, der seine Gaben nicht selbst entdeckt und lernt, sie für sich und andere zu nutzen, fühlt sich ständig ungeliebt. Weil er nicht weiß, wer er ist, können andere ihn und seine Qualitäten auch nicht kennen lernen.

Wenn du nicht von dir eingenommen bist, wie kann es ein anderer für dich sein? Wenn du dich nicht liebst, wie kannst du die Liebe eines anderen empfangen oder sie ihm geben? Du musst zuerst den Weg zu dir finden und dich selbst mögen mit allen deinen „Mängeln", wie du es bisher genannt hast, erst dann kannst du die Liebe anderer empfangen. Erst dann wirst du treu sein können.

Diese Treue besteht nicht nur darin, deinen Partner nicht mit jemand anderem zu betrügen, sondern darin, ihn auf seinem Lebensweg beizustehen. Dass du für ihn da bist, wenn er dich braucht.

Eine andere Variante ist, dass du einen anderen Menschen auch in Gedanken betrügen kannst, indem du zum Beispiel denkst: „Hätte ich einen anderen Partner, würde mir dieses

Leid erspart bleiben", oder: „Warum musste ich mich gerade mit diesem Menschen einlassen, jetzt weiß ich nicht, wie ich ihn wieder loswerden soll", und so weiter. Es ist Betrug und Untreue, wenn du deinen Partner nicht in liebevoller Absicht an deinen Gefühlen teilhaben lässt.

Lerne dich noch mehr selbst schätzen und lieben, um dann diese Liebe aus voller Überzeugung und Begeisterung auf den anderen zu übertragen. Wie du das lernen kannst, zeigt die folgende Übung.

Übung

Setze dich bequem hin und atme ruhig und gleichmäßig. Öffne dich für alle deine Gefühle, Empfindungen und Gedanken und nimm sie an, egal ob sie dir gefallen oder nicht. Sie sind jetzt deine Erfahrungen. Erforsche diese drei Ebenen ganz genau. Nimm mit allem, was du dabei erlebst, Verbindung auf. Solltest du feststellen, dass du etwas bewertest, sage dir: „Ich merke, dass ich dies und das bewerte." Wenn Ärger oder Wut aufkommen, sage dir: „Ich merke, dass ich verärgert oder wütend bin." Wenn Trauer auftaucht oder Schmerz, sage: „Ich merke dass ich traurig bin." Versuche, alles anzunehmen ohne es zu bewerten, weder als gut noch als schlecht. Betrachte es ganz neutral, ganz „gleich-gültig" im Sinne von „alles hat gleiche Gültigkeit". Schließe es in deine Arme und sei ganz dabei. Umarme es wie jemanden, den du ganz lieb hast.

Das Ziel der Übung ist, Liebe zu den Anteilen in uns aufzubringen, die sich ungeliebt, verwundet oder abgelehnt fühlen. Du lernst dadurch, dir selbst wertfreie und bedingungslose Liebe zu geben.

Dann erweitere diese Übung, indem du dir einmal vorstellst, du säßest dir selbst als das kleine Kind gegenüber, das du früher einmal warst. Sieh, wie es da vielleicht erwartungsvoll, bedrückt, ängstlich oder sonstwie dasitzt.

Beobachte es, und tue eine Weile nichts anderes, als einfach dazusein. Lass es deine Antworten spüren, nimm Blickkontakt auf und begrüße es. Stell dir nun vor, dass eure beiden Herzen ein goldenes Band verbindet. Spüre genau diese Verbindung zwischen euch. Sprich dann zu diesem Kind, das du selbst bist:

– „Ich freue mich, dass du hier bist."
– „Ich mag dich so wie du bist."
– „Ich liebe dich und deine Individualität."

Gehe danach auf das Kind zu und umarme es so lange du magst. Danach verabschiede dich und sage, dass du bald wiederkommen wirst.

Wiederhole diese Übung, so oft es dir gut tut.

Alleinsein lernen

» *Nur wenn du allein sein kannst,*
bist du wirklich fähig Zweisamkeit zu leben. «

Das Erkennen und Annehmen von Alleinsein ist die schwierigste, aber auch die wichtigste Aufgabe im Leben. Wenn dies nicht gelingt, entsteht Einsamkeit, die sehr schmerzt. Wenn du nicht erfüllt bist und dich selbst nicht annimmst, wirst du einsam sein. Du kannst allein sein und musst dabei nicht einsam sein. Du kannst aber auch zu zweit sein und dabei einsam. Einsamkeit und Alleinsein sind zwei verschiedene Dinge.

Wir sind von Natur aus freie Wesen und mit unseren Gefühlen immer allein. Unsere Partner sind für uns eine Bereicherung, durch die wir – wenn wir sie richtig nutzen – unser Selbst kennen lernen und dadurch unser Selbstwertgefühl entwickeln. Wenn dir dies bewusst wird, wirst du nicht so große Enttäuschungen erleben, stattdessen wirst du innerliche Freiheit gewinnen und Erfüllung tritt in dein Herz, du bist All-eins und damit nicht einsam.

Hast du gar eine Trennung hinter dir, fällt deine Zweisamkeit zusammen und du bist allein, doch du bist nicht zwingend einsam, wenn dir bewusst ist, dass du ein unabhängiges Wesen bist, und nur du selbst deine Gefühle verstehen und empfinden kannst. Das schmerzt zwar sehr, und am liebsten möchtest du gleich in eine neue Beziehung flüchten, um den Schmerz nicht mehr so zu spüren. Aber genau das könnte dir die Chance nehmen, auf eine höhere Stufe des All-eins-Seins zu gelangen, und damit zu mehr innerer Zufriedenheit. Andernfalls haben deine Wunden keine Zeit auszuheilen. Und dadurch setzt sich dein Dilemma in der neuen Beziehung fort, und du findest nicht die Ebene in dir, durch die du das Alleinsein als Erfüllung leben kannst.

Einsamkeit kann auch entstehen, wenn dein Partner oder du selbst Entwicklungsschritte machst und ihr auf einmal das Gefühl habt, den Weg nicht mehr gemeinsam zu gehen. Wenn du nicht gelernt hast allein zu sein, kann dir dadurch die Stütze wegbrechen, die dir deine Partnerschaft gegeben hat und das kann sich sehr schmerzlich anfühlen.

Folgende Übung kann dir helfen unterschiedliche Gefühle von Einsamkeit zu überwinden, auch wenn du in einer Partnerschaft lebst.

Übung

Versetze dich nun einmal in den Zustand der Trauer über deine Trennung oder in den Zustand des Getrenntseins von deinem Partner durch irgendwelche anderen Umstände. Nimm dies mit allen deinen Sinnesorganen innerlich wahr. Du kannst dich aber auch in den Zustand versetzen, wie es wäre, wenn du von deinem Partner oder sonst einem Menschen in deinem Gefühl nicht verstanden worden wärst. Nimm dazu alles zu Hilfe, was dir dient, diesen Zustand herzustellen. Vielleicht hast du schon einmal Ähnliches erfahren.

Du kannst deinen Gefühlen freien Lauf lassen. Es sind deine Gefühle, und sie haben ein Recht, gelebt und betrachtet zu werden.

Wenn du nach fünfzehn bis zwanzig Minuten wieder ins Hier und Jetzt kommst, halte das Erlebte in Form eines Bildes fest, oder schreibe es in deinen Worten nieder.

Gehe dann noch einmal in dich und mache die Übung, die im Kapitel *„Sich selbst treu sein führt zu Treue“* beschrieben ist.

Die gesamte Übung kannst du so oft du magst wiederholen. Achte aber darauf, wie sich dein Gefühl in Formen und Farben oder in Worten verändert hat.

Das Ende der Täuschung

» *Erkenne die Enttäuschung als das Ende der Täuschung.* «

Du hast nun eine ganze Menge darüber erfahren, warum Partnerschaftskrisen dir helfen können, glücklicher zu werden und zu deinem eigenen, inneren Wesenskern vorzudringen. Du hast nun vielleicht eine Ahnung, dass das, was du bisher als Liebe bezeichnet hast, gar nicht diese allumfassende Liebe ist, die wir eigentlich alle anstreben. Eine Liebe, die nicht wertet und die bedingungslos ist. Und zu der wir nur gelangen, wenn wir uns selbst näher gekommen sind, uns also selbst lieben. Das, was du vielleicht bisher als Liebe bezeichnet hast, hatte mehr mit Leidenschaft zu tun. Leidenschaft jedoch ist vom Ego geprägt, welches es zu überwinden gilt, indem wir unser wahres Wesen annehmen und lieben dürfen. Du weißt nun, dass Leidenschaft fast immer zu Leiden führt, weil sie uns etwas vortäuscht und damit enttäuscht, wenn das Ende der Täuschung erreicht ist. Sieh es also gar nicht durch eine so negative Brille, wenn du von deiner Partnerbeziehung und eurer Leidenschaft enttäuscht bist, denn durch eine Krise wird die Täuschung ein Stück weit aufgedeckt. Nun kannst du deinen Partner in seinen Bedürfnissen und Gefühlen entdecken. Durch Beziehungen können Menschen mit- und voneinander lernen, wie sie mit ihrem Selbst in Kontakt kommen können, um dauerhaftes Glück zu erlangen.

Liebe ist nicht gleich Leidenschaft. Leidenschaft führt nicht zu wahrem, erfülltem Glück. Und wirkliche Liebe kann nie ent-täuscht werden.

Das Ende einer Beziehung

> » *In einigen Fällen ist es die Lebensaufgabe, sich zu trennen, um aus den daraus entstehenden Gefühlen seine Erfahrungen zu machen.* «

Es gibt Situationen, da hilft kein Gespräch und kein letzter Versuch – die Beziehung ist zu Ende. In diesem Augenblick ist es das Wichtigste, dich daran zu erinnern, dass du diesen Menschen einmal geliebt hast, auch wenn dein Schmerz und deine Wut groß sind. Spiel dir auch nicht vor, dass die Liebe wohl nicht so groß war, das stimmt gewiss nicht. Hättest du den anderen wirklich nie geliebt, dann müsstest du dir jetzt eingestehen, dass nicht du, sondern der andere nie eine Chance bei dir hatte. Also halte dich zurück und lass dich nicht von deinen Rachegefühlen beherrschen. Lasse ihnen keinen freien Lauf, sondern nimm sie dir in Ruhe vor und arbeite mit ihnen daran, dich selbst ein Stück weit zu erkennen. Dein Partner kann gar nicht so schrecklich und gefährlich sein, wie diese Gefühle auf Dauer auf dich wirken, wenn du sie nicht durchschaust. Wenn sie sich verfestigen und in dir einnisten, werden sie dich irgendwann mit einem neuen Partner der gleichen Art konfrontieren, und du musst alle Schmerzen noch einmal durchleben.

Überlege, ob deine Partnerschaft wirklich eine lebendige Beziehung war oder nur eine Bindung mit gegenseitiger oder einseitiger Abhängigkeit. Abhängigkeiten führen oft zu gereizten Streitereien, Verletzungen und Problemen, die die Partnerschaft immer mehr bestimmen. Das deutlichste Merkmal einer solchen Bindung ist die innere und äußere Unfreiheit, während eine gute Beziehung Freiheit gibt, also Freilassen, Loslassen, Hingabe und nicht Haben wollen, Druck und gegenseitige Ansprüche. Erst wenn du deine Bindung an deinen Partner aufgibst, kann eine Beziehung entstehen. Wenn es nun so ist, dass du oder dein Partner diese Partnerschaft beendet, mache es dir wenigstens zur Aufgabe, dir mit Hilfe der Übungen in diesem Buch alle deine Gefühle bewusst zu machen. So verhütest du, dass die gleichen Schwierigkeiten in der nächsten Partnerschaft wieder auftreten.

Übung

Bindungen lösen (nach der Phyllis Krystal Methode – Die inneren Fesseln sprengen):

Du machst es dir im Sitzen oder Liegen bequem und achtest auf eine angenehme Temperatur. In Gedanken versetzt du dich an einen Ort, der dir angenehme Gefühle bereitet. Dann visualisierst du um dich herum auf dem Boden einen goldenen Kreis. Anschließend stellst du dir einen zweiten goldenen Lichtkreis auf dem Boden vor, der sich jedoch vor deinem eigenen befindet. Da hinein visualisierst du deinen ehemaligen Partner. Beide Kreise berühren sich nur an einer Stelle. Beginne nun, von dem Punkt aus, an dem die beiden Kreise sich berühren, ein neonblaues Licht im Uhrzeigersinn um den gegenüber liegenden Kreis fließen zu lassen. Das Licht fließt zurück zum Berührungspunkt und dann um den eigenen Kreis herum im Uhrzeigersinn, so dass das neonblaue Licht eine Acht bildet. Der Sinn dieser Acht ist, alle Projektionen zurückzunehmen, damit beide Partner von den Anteilen des jeweils anderen frei werden können. Dann stell dir eine Verbindung zwischen deinem Schambereich und dem deines Partners vor. Du atmest mit jedem Atemzug aus, was dich noch mit deinem Partner verbindet und alles, was dich belastet hat. Beim Einatmen stellst du dir goldenes Licht vor, das in dich einströmt, um deine Wunden zu heilen, dich zu reinigen und dich neu zu beleben. Danach stelle dir vor, wie du die Verbindung zwischen deinem ehemaligen Partner und dir auf eine angenehme Art löst. Du kannst die Verbindung durchschneiden, du kannst sie auch ausklinken wie einen Haken oder noch anders trennen. Lass deiner Vorstellungskraft freien Lauf. Wichtig ist nur, dass eine Trennung vollzogen wird, und dass sie dir angenehm ist. Entferne dann alle Verbindungen und vernichte oder vergrabe sie.

Schließlich dankst du deinem ehemaligen Partner für alle Einsichten und Erkenntnisse, die du durch in bekommen hast. Dann verzeihe ihm und bitte ihn ebenfalls um Verzeihung, denn ihr wart beide beteiligt daran, dass es zu dieser Trennung kommen musste.

Bleibe noch solange in deiner Meditation, bis du das Gefühl hast, die Meditation beenden zu können. Wenn du möchtest, bitte dein Höheres Selbst, dir auf deinem zukünftigen Lebensweg immer hilfreich zur Seite zu stehen.

Selbstwert durch Verantwortung

> »*Verantwortung ist keine Schuldfrage, sondern eine Liebesgeste.*«

Wenn eine Partnerschaft dauerhaft sein soll, dann ist es wichtig, auf den anderen Rücksicht zu nehmen, ihn in seiner Eigenart zu verstehen und in gewissem Sinne Verantwortung für ihn zu übernehmen. Das heißt, dass du alles dafür tun solltest, deinem Partner das Gefühl zu geben, gut aufgehoben zu sein und jederzeit das Beste für ihn zu wollen, so dass es sowohl für ihn als auch für deine eigene Entwicklung und die Entwicklung eurer Beziehung förderlich ist. Diese Verantwortung zu übernehmen, gibt einer Beziehung Sinn und Ziel und kann über Krisen hinweghelfen. Die Beziehung kann damit als Aufgabe angesehen werden, an der ihr beide wachsen werdet.

Natürlich nimmt diese Verantwortungsbereitschaft verschiedene Formen an. So hatte früher zumeist der Mann die Aufgabe, für den Lebensunterhalt der Familie, die Frau für Kinder und Haushalt zu sorgen. Beide hatten entsprechende Erwartungen aneinander. Heute ist das oft nicht mehr so festgelegt, die Verantwortungsbereiche liegen woanders. Eines steht jedoch fest: Eine Beziehung ohne Verantwortungsbereitschaft füreinander hat keine Zukunft und zerfällt in der erstbesten Krise.

Allerdings darf diese Verantwortlichkeit nicht zu weit gehen. Denn wenn einem Partner alle Verantwortung abgenommen wird, kann er nichts mehr lernen, und er wird wie ein unverantwortliches Kind werden, das alle Entscheidungen und die Übernahme von Pflichten an den anderen delegiert. Er lebt dann auf Kosten des anderen.

Denke einmal über die Frage nach:

Wenn dein Partner immer nur schwierig ist, warum hast du ihn dir dann ausgesucht? Du sagst, du konntest es vorher nicht wissen? Aber ihr habt euch zu Anfang gut verstanden. Bedenke immer, dass dein Partner dir ein guter Spiegel ist, diese Erkenntnis ist die Grundlage für dein Glück und eine gute Partnerschaft. Nimm die Herausforderung an und lebe die Aufgabe, die dir durch deinen Partner gestellt wird. Suche die Schuld nicht beim anderen, schau, was du zu eurem Glück in der Beziehung beitragen kannst. Nimm die Verantwortung für ein gemeinsames positives Leben auf dich und gehe davon aus, dass du jetzt ein wenig wissender als dein Partner bist. Das heißt nicht, die Augen zu verschließen oder alles hinzunehmen und zu erdulden. Es heißt vielmehr, mit klarem Blick durchs Leben gehen und die Probleme, die sich dir stellen, annehmen und lösen, indem du dabei auf deine innere Stimme hörst.

Auch wenn du streitest, trägst du die Verantwortung dafür, wie es dem anderen nach dem Streit geht, denn die Verantwortung gehört zum innersten Wesen der Liebe. Der Liebende kann nicht anders, als sich verantwortlich fühlen für den Partner und sein Glück. Denn dadurch fühlt er seinen eigenen Wert.

Verantwortung heißt nicht, dass du die Schuld trägst, wenn es deinem Partner schlecht geht, denn er hat selbst Sorge zu tragen, was er aus eurer Beziehung macht und lernt, aber es heißt, dass du die Verantwortung trägst für das, was du sagst und bei dem anderen auslöst. Verantwortung ist jedoch keine Schuldfrage, sondern immer eine Liebesgeste.

Verantwortung für einen anderen Menschen zu übernehmen, setzt voraus, dass du schon ein Stück „er-wachsen" geworden bist. Du bist aus etwas er-wachsen, über die Phase der Kindheit und Jugend hinaus gewachsen und innerlich und äußerlich größer und reifer geworden.

Um nun dieses Wachsen zu verstärken, stabiler zu werden und die Verantwortung besser tragen zu können, schlage ich folgende Übung vor:

Übung

Lege dich auf den Boden und spüre deinen Körper. Atme ruhig und gleichmäßig. Bringe nun deinen Körper in die Stellung des Embryos im Mutterleib. Rolle dich ganz zusammen und stelle dir vor, du wärst ein Samenkorn. Stelle dir eine Pflanze vor, die du werden möchtest. Es wird Frühling und du beginnst zu sprießen und dich zu bewegen. Du schickst kleine Wurzeln in den Boden hinunter und junge Triebe hinauf zum Sonnenlicht. Wachse so immer weiter und bewege dich dazu. Nimm deinen Körper wahr, während du dich aus dem Samenkorn zu einer großen Pflanze oder zu einem Strauch oder Baum entfaltest.

Dazu kannst du dir eine schöne ruhige Musik auflegen oder eine, die für dich das Wachstum symbolisiert.

Schreibe anschließend deine Gefühle auf, die während der Übung in dir entstanden sind.

Schlussbemerkung: Schwierigkeiten als Chance

Wenn wir mit dem Bewusstsein durchs Leben gehen, dass alle Krisen, die uns das Leben beschert, nur dazu dienen, uns Gelegenheit zu geben, ein Stückchen freier und glücklicher zu werden, können wir sie eigentlich nur willkommen heißen.

Ich erinnere mich an meine schwierigste Partnerschaftskrise. Mein Mann hatte damals eine Freundin, und es sah sehr kritisch für unsere Beziehung aus. In der ersten Zeit dachte ich, die Welt würde zusammenbrechen. Als ich mich jedoch daran erinnerte, dass Schwierigkeiten immer auch Chancen sind, versuchte ich Stück für Stück meine innere Problematik in meiner Beziehung zu erkennen und fand durch meinen inneren Dialog heraus, dass ich ein gar zu großes Kontrollbedürfnis hatte, das meinen Partner sehr tangierte. Ich versuchte immer wieder, es aufzugeben, aber je mehr ich es versuchte, desto mehr drängte es sich geradezu auf. Ich wollte diesen Anteil in mir einfach nicht akzeptieren. Erst als ich verstand, dass ich auch diese Eigenschaft an mir würdigen und annehmen musste, konnte ich sie langsam aufgeben.

Natürlich gab es bis dahin zahlreiche Fehlschläge. Immer wieder fiel ich in mein altes Verhalten zurück. Aber ich entwickelte mit der Zeit eine Art von Sehnsucht nach schwierigen Situationen, um es jedes Mal ein Stückchen besser zu machen. Das Problem hatte sich zu einer Herausforderung entwickelt. Im Vordergrund stand nicht mehr der Gedanke an mein Leid, das mein Partner mir antat, sondern der Gedanke an mein Ziel, wie ich es schaffen könnte, meinen Partner loszulassen und ihn nicht mehr mit meiner Kontrolle einzuengen. Ich spürte ganz bewusst in meine Gefühle hinein und sprach mit ihnen. Ich sagte ihnen, dass es gut ist, dass sie sind, und dass ich durch sie wahrnehme, dass ich lebe – denn das zeigen sie mir ganz deutlich – und dass ich froh bin, dass ich lebe. Irgendwie vergaß ich darüber mein Leid, erst in Momenten, dann immer öfter. Meine Lebensenergie kam wieder ins Fließen und mein Mann teilte plötzlich sein Leben wieder mit mir. Gleich zwei Geschenke wurden mir auf einmal zuteil – ich lernte, meinen Partner loszulassen und mir innere Freiheit und Erfüllung zu schenken. Wir führen bis heute eine glückliche Ehe miteinander.

Darum möchte ich allen Mut machen, bei Schwierigkeiten mit ihrem Partner oder anderen Schwierigkeiten im Leben nicht zu resignieren, sich selbst zu bemitleiden oder von anderen bemitleiden zu lassen und nach Schuldigen zu suchen, sondern die Ärmel hochzukrempeln und zu sagen: Wo eine Schwierigkeit ist, da ist auch eine Chance, daran zu wachsen.

In diesem Buch wollte ich vor allem deutlich machen, dass es im Leben nicht in erster Linie darauf ankommt, Veränderungen herbeizuführen, sondern Gefühle, Gedanken und Dinge anzunehmen und zu erleben. Bewusstsein zu schaffen für all das, was in dir ist und dieses als zu deinem Leben zugehörig lieben zu lernen. Dadurch wird sich Veränderung auf deiner Seite und auf Seiten deines Partners auf eine behutsame Weise ganz von allein einstellen.

Ich wünsche dir viel Glück, Mut, Entschlossenheit und Durchhaltevermögen. Es wird sich lohnen.

Erziehen mit Geduld und Gefühl

Otto Brink

Liebe kann gelingen

Spielregeln für die Partnerschaft
Band 5632

Wer die „Ordnungen der Liebe" achtet, die systemischen Bindungen und Verknüpfungen versteht und ihnen gemäß handelt, lernt Störungspotentiale frühzeitig erkennen und findet Glück in der Partnerschaft.

Wolfgang Hantel-Quitmann

Die Liebe, der Alltag und ich

Partnerschaft zwischen Wunsch und Wirklichkeit
Band 5561

Der Autor schildert anschaulich und humorvoll, wie es gelingen kann, die große Liebe im Alltag wieder zu finden und zu leben.

Hans Jellouschek

Wie Partnerschaft gelingt – Spielregeln der Liebe

Beziehungskrisen sind Entwicklungschancen
Band 5596

Die Liebe kann auch in schwierigen Zeiten und auf Dauer lebendig bleiben. „Ein Buch, das Kraft und Stärke ausstrahlt. Ermutigung pur." (Intra, Bern)

Mathias Jung

Ich liebe dich. Nur nicht grad jetzt

Große Liebe, kleine Krisen
Band 5392

Die Liebe ist eine Baustelle. Welche Instandsetzungsarbeiten sie braucht, zeigt der erfahrene Psychotherapeut anhand von zahlreichen Beispielen.

Erich H. Witte / Helga Wallschlag

Die fünf Säulen der Liebe

Wie Paare glücklich bleiben
Band 5676

Die Autoren haben die Paare selbst befragt. Herausgekommen ist: Man sollte – und kann! – einiges tun, damit die Liebe dableibt, wächst und sich vertieft. Fünf Säulen für eine Beziehung mit Kopf und Herz.